ニューワールド

凪良ゆう

凪良ゆうの世界

中央公論新社

はじめに

この本を手に取っていただいてありがとうございます。

ＢＬ小説でデビューしてから十七年、文芸ジャンルに初挑戦してから七年。休むことなく書き続け、手が空く時間はほとんどありませんでした。加えて二〇二〇年に『流浪の月』で本屋大賞をいただいてからは、いろいろな方とお目にかかる機会が大きく増えました。

私は人と話すのが苦手で、緊張してなかなか言葉が出てきません。話しているうちに言葉が上滑《うわすべ》りする感覚があって、対談が終わってから「もっと伝わる言い方があったのでは？」と後悔することばかりです。自著のことを語っているので、同じ話を繰り返していたりもすると思います。話すのが苦手だから、小説を書いているのかもしれません。

でも、いままでお話をうかがってきた人たちの言葉は、とても刺激的でした。

すべて私の血肉になり、これからも小説に還元されていくでしょう。

その記録を残すために、いままでお目にかかってきた方々との対談やコラボレーションを、一冊にまとめる提案を編集者さんからいただき、この本を出すことになりました。


橋本絵莉子《はしもとえりこ》さんは本当に言葉を大切にする方で、一言一言よく考えてお話しされていました。だからこそ橋本さんの言葉には研ぎ澄まされた力があり、人の心を動かす歌詞が書けるのだと実感しました。

芦沢央《あしざわよう》さんはバイタリティに溢《あふ》れていて、会うと元気になる方です。そしておこがましいけれど、作品を読むたび「私も負けていられない」と思える戦友です。芦沢さんが小説を書き続けているかぎり、私もずっと執筆を頑張っていけると思います。

ヤマシタトモコさんのお話は、骨身に染みて共感しました。漫画と小説で媒体は違いますが、デビュー当初からBL作品の枠に収まらない作品を描く方で、勝手ながら親近感とリスペクトを覚えました。

町田《まちだ》そのこさんは大好きなお友達です。実はよく「作風が似ている」と言われるのですが、私はそうは思っていません。町田さんの小説には私の小説とは違う優しいまなざしと、強く人を信じる心があります。そんな町田さんが放つ光に、私は憧れています。

榎田尤利《えだゆうり》さんはBLジャンルと文芸ジャンルを行き来する先駆け的存在ですが、実は初対面でした。同じ道の上にいても、まったく違うアプローチの仕方を教えてもらいましたが、でも根本にはやっぱり近しいマインドを感じます。かっこよくて頼れる先輩でした。

浅野《あさの》いにおさんには『滅びの前のシャングリラ』をコミカライズしていただきました。とにかくただのファンだったので、自分の人生に接点ができるなんて全く考えたことがありませんでした。本当に本当に嬉しいです。浅野さんの描く藤森《ふじもり》さんが可愛すぎる！

担当編集者さんたちには座談会をしてもらいました。私は担当してくれる方の個性に合わせて小説を考えるので、編集者さんのことを読者のみなさんにも知ってほしかったのです。忙しい編集者さんたちを呼びつけてしまって、「偉そうだったかな」とちょっと反省しましたが、楽しいお話ばかりでくすくす笑いながら記事を読みました。

そして山本文緒《やまもとふみお》さん。以前から大好きな作家さんで、お話しできた時間は宝物です。いまも思い出すたびに涙が溢れてしまいます。とっても優しくて、繊細で、でも言う時はちゃんと言う強さを持った方でした。おそらくあの時はご病気が分かる前で、冗談でおっしゃったであろう「恋愛小説のバトン、託しますね」というお言葉。私は無事にバトンを受け取ることができたでしょうか。『汝、星のごとく』は、山本さんに読んでほしい小説でした。


本屋大賞をいただいて以来、昔から応援してくださっている方から「凪良さんはもうBLを書かないのかな」と心配する声を多くいただきました。

そんな声にこの場を借りてお答えさせてください。

BLも書き続けますよ！　たまに「元BL作家」と紹介されることがあるのですが、「元」じゃないですから。「現」ですから！

BLジャンルも文芸ジャンルも私にとってものすごく大切で、読者も書き手も、もっと自由に行き来できるようになってほしいと願っています。そんな世界を実現するために、私が考えていることを、この本を通して知ってもらえたらと思っています。

ＢＬ小説が好きな方も文芸ジャンルが好きな方も、どうか最後までお付き合いいただけたらうれしいです。

二〇二四年二月吉日

凪良ゆう

目次

ニューワールド

凪良ゆうの世界

対談

橋本絵莉子×凪良ゆう

小説家と音楽家、それぞれの「シャングリラ」

Interview
Hashimoto Eriko × Nagira Yuu

取材・文　松田広宣　撮影　三橋優美子

『滅びの前のシャングリラ』（中公文庫）は、一ヶ月後に小惑星が地球に衝突し、人類が滅亡することがわかった現代の日本を舞台に、人生を上手く生きられなかった人々が、絶望の中でそれぞれの「幸せ」を問う物語。同作を執筆する上で、チャットモンチーの楽曲「シャングリラ」にインスピレーションを受けたと、凪良さんは語ります。

　チャットモンチーのボーカルを務めていた橋本《はしもと》絵莉子《えりこ》さんもまた、凪良さんの小説を愛読していたことから、対談が実現しました。小説家と音楽家、それぞれの作品がお互いにどんな影響を与えているのか。創作における〝シャングリラ〟が垣間見えました。

橋本絵莉子（はしもと・えりこ）

1983年徳島県生まれ。2000年に地元・徳島でチャットモンチーを結成し、ギター &ボーカルを担当。05年にメジャーデビュー、18年にその活動を完結させた。19年からソロ活動を開始。通販でのデモ音源CDシリーズのリリースを経て、21年に1stアルバム『日記を燃やして』をリリース。22年はライブ活動も活発化させ、ソロ初の東名阪ツアーを開催。自身の制作活動と並行して、楽曲提供やCMソングの歌唱なども行っている。

絶望感を抱えながら生きている人たちにスポットを

凪良　いわゆる「人類滅亡もの」の物語は、昔から数多くの作家や映画監督が手がけています。その中で、私ならどういうアプローチをしようと考えたときに、滅亡に対する恐怖や絶望よりも、「ようやく終われるのか」とホッとした感情を抱いている人々を主人公に据えるというアイデアが浮かんできました。今までの人生が思うようなものではなくて、常に「終わってしまえばいいのに」と軽く絶望感を抱えながら生きている人たちにスポットを当ててみたいなと。

そんなアイデアを温めているときに、京都駅から自宅に帰る途中、イヤホンでチャットモンチーの「シャングリラ」を聴きました。そこで橋本さんが「希望の光なんてなくったっていいじゃないか」という一節を、すごく明るく歌い上げていて、胸にギュイーン！って刺さったんです。「この歌に登場するような男の子と女の子の話が書きたい」と刺激を受けて、できたのが友樹《ゆうき》の視点で語られる第一章でした。

でも、この歌の中でいう「シャングリラ」はいわゆる理想郷という意味ではなく、実は人の名前を指しているんですよね？

橋本　はい。「シャングリラ」の歌詞を書いたくみこん（高橋久美子《たかはしくみこ》）は、人の名前だって言っていました。だから「シャングリラ」って呼びかけているんです。私がこの曲の歌詞を明るく歌えていたのはたぶん、自分が書いた歌詞ではなかったという部分も大きいと思います。「感情を込めすぎないほうが響く表現もあるんじゃないか」と思ったんです。暗い歌詞も明るく歌うことで、むしろ言葉そのものの意味が立ち上がってくるというか。自分の歌詞ではなかったからこそ、気づくことができた視点でした。

凪良　「感情を込めすぎないほうが響く表現」というのは、私もすごくよくわかります。『滅びの前のシャングリラ』の最後の三ページは、書くのに二ヶ月もかかってしまったんですけれど、ずっと書くことができなかったのは、心理描写に重きを置きすぎていたからなんです。人間の心理を丹念に描写するのは、私の作風になっているところもあるのですが、あえて主人公の女の子にあまり感情移入せずに書いたところ、スパッと書くことができました。そして、橋本さんの仰《おっしゃ》る通り、感情を入れすぎなかったからこそ、リアリティのある表現になったのではないかと自負しています。私が今回の本を書く中で初めて学んだことを、二十代前半で気づいたというのは本当にすごいです。

橋本　私は歌のことしかわからないですけれど、聴く側の気持ちに立ったとき、あんまり感情を込めて歌われるのもどうなんだろうって考えちゃったんですね。特にレコーディングのときは、感情を入れすぎないように意識しながら歌っています。でも、ライブになるとやっぱり変わっちゃうんですよ。だから、感情を入れるべき場面と、そうではない場面を使い分けているんだと思います。

凪良　目の前に聞いてくれる人がたくさんいると、やはり感情も乗ってくるものですか。

橋本　それはあると思います。お客さんの顔って、ステージから結構はっきりと見えているんです。お客さん一人ひとりの感情をもらっているような感覚で、それが自然と歌にも表れる。

凪良　ライブは一回として同じ状況がないですよね。やっぱり同じ歌でも、ライブによって変わったりするんですか。

橋本　違うと思います。土地によって盛り上がり方もぜんぜん違って、県民性のようなものがあるのかなと。チャットのときは、大阪だとMCにオチがないとツッコミがあったり、北の方に行くと静かな情熱を感じられたり。それによって、ライブも変わっていました。

凪良　私たちは何度も推敲を重ねてできた小説が世の中に出るわけですが、ミュージシャンの方はじっくり楽曲やアルバムを作ったりするだけではなく、ステージという一発勝負の世界にも生きている。本当に尊敬します。私、大勢の人の前に立って朗読しろと言われ

ても、絶対に無理です。（笑）

橋本　（笑）。でも、私は小説家の方をすごく尊敬しています。実は私、自分自身の楽しみとしては音楽を聴くよりも本を読むほうが好きなんですけれど、まずこの文字量に圧倒されてしまいます。歌詞は紙一枚で収まるものだから、私でもなんとか書ききることができますが、この厚みの物語をひとりで書きあげるのはちょっと信じられないものがあります。いつも本を読むたびに、世の中にはすごい人がたくさんいるんだなと感じていました。

凪良　ありがとうございます。たしかに厚みだけ見ると、自分でも「よくこんなにいっぱい書けたな」とは思います（笑）。ただ、歌詞は文学のジャンルでいうと詩に近くて、削《そ》ぎ落としていく作業がメインだと思いますが、小説は最初に作ったプロットをもとに膨らませていく作業がメインなので、自ずと厚みは出てくるんです。歌詞が書けるというのも、私にとっては正反対の作業なので、やはり興味深いですね。

橋本さんの歌詞には、一聴《いっちょう》しただけでは汲《く》みきれない複雑さがあります。恋愛のことを歌っているようで、同時に自分の生き方について歌っていたり、ひとつの歌詞の中にふたつの意味が込められていると感じることも多いです。

橋本　まさにその通りです。私は基本的に、ものごとをわかりやすくストレートに表現するのが恥ずかしいと感じてしまうタイプなので、わざとわかりにくくしている部分もあります。わかりやすいと歌いにくくて（笑）。先ほどの「あまり感情を込めすぎない」という話とも通じますが、一度「あ、これは恥ずかしいことを歌っている！」と気づいてしまうと、もうダメ。だから、昔に書いた曲を歌うのとか、実はとても恥ずかしかったりします。二十代の頃とは、同じ曲でも歌い方はだいぶ変わっているはずです。

凪良　私もずっと昔に書いた本は、同じあらすじで書いても違う雰囲気になるだろうなと思います。歳を重ねて自分の内面が変わっていくと、やっぱり表現も変わってくるのでしょうね。昔は純粋に「優しいな」と思っていた人も、今振り返ると「あの人、よく考えたらぜんぜん優しくなかったかも！」って気づいちゃったりしますし。（笑）

橋本　ああ、それはわかる気がします。（笑）

地球最後の日になったら、私も最後まで歌い続ける

凪良　歌詞をわかりにくくするというのは、創作者としてすごく勇気のある決断だと思います。私の場合、ひとりでも多くの人に自分が伝えたいことを正しく伝えたいから、わか

りやすさにはかなり力点を置いています。だから、基本的に難しい言葉は使わないし、言い回しもなるべく平易にしている。読者がつまずかないように、足元の小石を取り除く作業をかなり丹念にやるんです。

でも、そういう風に書いた文章を「わかりやすい」と評していただく一方で、「初心者向け」という声もいただいていて。もう少し難しく書くことも必要なのかなと、葛藤《かっとう》することも多いです。

橋本 私も「これじゃ伝わらないかな」と葛藤することは多いのですが、結局のところ、歌うのは自分なので、自分の感情や理念を優先してしまっているだけなのかもしれません。

凪良さんの文章はすごく読みやすいから、自分でも気づかないうちにスーッと作品の世界の中に引き込まれていて、そこが魅力になっていると思います。『滅びの前のシャングリラ』は、もし自分が同じように人類滅亡に立ちあうとしたら、どうなるんだろうと考えてしまって、とても怖かったです。

凪良 そういう読み方をすると怖いですよね。あと一ヶ月で人類の歴史が終わるとして、橋本さんだったらどうしますか？

橋本 めっちゃ考えたんですけれど、まず私の実家が徳島で、旦那さんの実家が北海道なので、どちらに行くのかを決めるのが困難だなと。東京はその一ヶ月で無法地帯になりそうだから、どちらかに帰るとは思うのですが……。

凪良　私は自分が結婚していないので、今その視点が抜けていたことに気づきました。本当に、そのときにならないと自分がどう行動するのか、予想もできないですね。

橋本　でも、主人公のひとりであるミュージシャンのＬｏｃｏの行動は、すごく理解できるところがありました。彼女は上京して芸能の世界に染まって自分を見失っていくけれど、私はずっと頑張ってほしい、「あたし」のままでいてほしいと、応援しながら読んでいました。地球が滅亡することになって、彼女はようやく自分に戻ることができた。ライブの前に彼女が「最後までやるで。それだけ。それしか言えることがない」と心に誓うシーンは、同じミュージシャンとしても救われるものがありました。

私に限らず、もしミュージシャンが同じ状況になったら――ステージがあって、メンバーがいて、お客さんにやるって約束をして、そこにちゃんと自分が一緒にいたい大事な人がいたら――やっぱり最後まで歌い続けると思います。

凪良　それはミュージシャンの性《さが》みたいなものでしょうか。私、最後にＬｏｃｏの章を持ってきたのは、やはり歌を歌う人には巫女《みこ》のようなイメージがあるというか、ライブには日本に昔からある祈りの儀式に近いところがあると感じていたからなんです。神が降りてくるような、神秘的なイメージ。何千人という人を前にパワフルに歌って演奏するなんて、ちょっと普通の人間ができることではないと思ってしまうのですが、実際にステージに立つとき、橋本さんはなにを考えているのですか？

想像でしかありませんが、それだけ多くの人と向き合うのは、すごく特別ななにかを感じるのではないかなと。私だったら、怖くて怖くてたまらない。

橋本　集まってくれるお客さんは一人ひとり完全に生身の人間だから、そのパワーは本当にすごいです。毎回、もう自分は一生分の人に会った……と感じています。

それに、お客さんはすごく勘がいいから、どんなに取《と》り繕《つくろ》ったとしても、たぶん誤魔化せない。自分で「あんまりうまくいかへんかったな」と思うと、その感覚はそのまま伝わるし、ぜんぜん喋ったことがない人でも、ステージを見ていたらぜんぶ丸わかりなんだろうなと。

だから、自分を隠していてもしょうがない。私はめちゃくちゃ緊張するタイプだし、自分は自分のままで、なにかが降りてくるという感覚もありません。でも、ステージに上がって、マイクの前に立ったら、そのとき、その場で私がやるべきことをやるだけ。いつも、できるだけなにも考えないでやろうと心がけていて、ちゃんとそういう状態になれたときは、もしかしたらなにかが降りているように見えるのかもしれません。

小説家も音楽家も言葉に重きを置く

凪良　橋本さんは将来、歌詞以外で執筆活動をする予定はないのですか？

橋本　ものすごく憧れているのですが、削ぎ落として書くのが染み付いてしまっていて、こんなに膨らませられないと思ってしまいます。長い文章を物語としてちゃんとまとめたりすることも、たぶんできません。歌詞は改行にすら意味があるし、楽曲で補える部分もある。私の表現は、文字以外の要素に助けられているところが多いんです。

凪良　たしかに、小説は改行だけで意味をつけたりするのは難しいですね。それに、私もいきなり歌詞を書いてくれといわれてもできません（笑）。言葉を削いで尖らせて、一つひとつの言葉に力を込めていくというのは、小説とはまた違ったスキルだなと思います。

橋本　私の場合は、とりあえず完成形もなにも考えていない状態でバーッと歌詞を書いて、その中で歌いたいなと思ったものを選んで、タイトルや曲を付けていくんですけれど、言葉が足りなかったりするから、ランダムに言葉を当てはめてみたりするんです。そうすると、タイトルとそのランダムな言葉を照らし合わせたときに、偶然に新しい意味が浮かび上がってきたりします。私はずっとバンドでやってきたから、自分の頭じゃないところから出てきたものとの組み合わせに面白さを見出している気がします。

凪良　小説を書くのとはやはり発想が違いますね。でも、朗読をしてみたり、途中でタイトルを変えてみたりしたら、橋本さんのように偶然性を取り入れて、ガラッと違う角度から物語を捉え直したりできるのかも。ちなみに橋本さんは、音と言葉では、どちらに重きを置いているんですか。

橋本　ずっと言葉に重きを置いています。私の場合は「歌いたい」が動機だからだと思いますが、言葉が先にないと音楽が作れないんです。だから、小説からインスピレーションを得ることも多くて、そのときに読んでいた本の一節から作り始めることもあります。やっぱり、本を読んでいるときが一番、脳が動くんですよね。

小説で書いちゃいけないことはない

橋本　凪良さんはそもそも、なぜ一ヶ月後に人類が滅亡する世界を書こうと考えたんですか。

凪良　もともと滅亡ものが好きだったからですね（笑）。ずっといつかは書いてみたいと思っていたけれど、なかなか挑戦しづらいジャンルで、おそらく力量も不足していました。いろんな小説を書いてきて、ようやく書ける時期がきたなと思ったんです。ところが今年（二〇二〇年）に入ってコロナがやってきて、果たして本当にいま書くべきテーマなのかと悩んだんですけれど、担当編集さんが「むしろいまこそ書くべきテーマだと思います」と背中を押してくれて。結果的に、いい時期に出せたと思います。

橋本　本当にこういう時期だからこそ、すごくリアルに感じることができる小説だと思います。それに、本にはなんとなくタブーがないような気がしていて。実際のところ、書いてはいけないことってあるんですか？

凪良　ないですね。勝手に忖度《そんたく》して書かないことがあるだけで（笑）。だからそこを突破して、書きたいことを思いっきり書いている人はすごいなと思います。

最近、読んで衝撃を受けたのは吉村萬壱《よしむらまんいち》さんの『臣女《おみおんな》』という小説で、ある一組の夫婦の話なんですけど、奥さんの身体がどんどん巨大化していくんですよ。その大きくなっていく様がリアルで、汚物が垂れ流しになったり、一部が腐って流れ出たりする。吉村さんはなぜこんなに特殊な題材を選んだのだろうと考えたんですけれど、そこにはきっと作家としての必然性があったはずで、実際にこの作品は「第二十二回島清《しませ》恋愛文学賞」を受賞するなど高く評価されました。すごくグロテスクな話だけれど、れっきとした恋愛小説でもあって、旦那さんは自分の人生が破滅していくのも構わず、献身的に巨大化していく奥さんの面倒をみるんです。小説で書いちゃいけないことはないんだって、改めて思いました。

橋本　怖いけど、たしかに恋愛小説ですね。私はかつて、ファンの方から「聴いて元気をもらいました」という感想をすごくたくさんもらって、そういう救いというか、薬みたいな効能がある曲がもっと必要なのかなと思った時期もあったんです。歌詞としてわかりやすい意味があったほうがいいのかなとか、でもそういう声に応えていくのはどうなんだろうって葛藤したりとか。今はもうあんまり考えていないんですけれど、凪良さんはどうですか？

凪良　読むとほっこりするとか、ちょっと心が楽になる小説とかは、たしかに多いと思いますし、実際に読者に求められている部分はあるでしょう。でも、編集者に「世間でほっこり系が流行《はや》っているから、次はほっこり系で行きましょう」って言われたら、「いや、絶対に書かない！」ってなりますね（笑）。早く私もなにも考えない、橋本さんの境地に達したいです。

すべての創作物は鑑賞者にとっての鏡のようなもの

橋本　『滅びの前のシャングリラ』には、四人の主人公が出てきますが、人々の関係性を描くうえで意識していることはありますか。

凪良　私は基本的に、人と人は理解しあえないと思っていて、まずはそこからスタートするのが大事だと考えています。頑張れば理解できるんじゃないかと考えると、むしろそれが理解の足かせになってしまうこともある。わからないときはわからないといって、おたがいに干渉しあわないということも、ときに必要だと思います。

たとえばSNSだと、表立ってなにかをいうときはあまり暗くない発言をしておこう、優しいことをいっておこうという同調圧力的な空気を感じます。その方が人間関係がうまく回るというのもよくわかるし、それはそれで正しいかもしれないけれど、あまりにもその圧力がきつくなると、本当にいいたいことがいえない世の中になっていく。だから、人間関係は「お前とはわかりあえない」というところからスタートする方がいいと思うんです。わかりあえないことを認めた個人同士が、それでも繋がっていく過程を、小説の中で描きたいと思っています。

橋本　すごく素敵な考え方だと思います。私もそれくらいに考えていた方がずっと楽だし、だからこそ人と違うことが楽しめるんじゃないかなと、この本を読んでいても思いました。私が会ってしゃべったことがないような人々が出てきて、基本的にわかりあえないだろうなと感じるんですけれど、それでもちょっと共感ができる瞬間がある。そこがすごく面白かったです。

凪良　読んでくれる人の心が開いていないと、そういう感想にはならないと思うので、本当にありがたいです。私が「人と人は理解しあえない」というと、「もっと世の中に希望を持とうよ」みたいにいわれることも少なくないのですが、心を開くというのはまた別の問題です。私はそもそも、人のために小説を書いているというより、自分のために書いているのですが、自分が好きで書いたものをオープンな心で読んでもらって、共感したり好きになってくれたりしたら、やっぱり嬉しいです。

同じ小説でも、読む人によって感想は様々で、もちろん私の小説は好きじゃないという人もいると思います。でも、小説にせよ音楽にせよ、すべての創作物は鑑賞者にとっての鏡のようなものではないでしょうか。だから、私の作るものが「よく映る鏡」でありたいとは願っています。橋本さんは、ミュージシャンとしてご自身の作品がどんな風に鑑賞されると嬉しいか、理想はありますか。

橋本　『滅びの前のシャングリラ』の中で、Ｌｏｃｏが意識しているクジラというミュージシャンが、世界が滅亡するというのにマイペースに配信を続けていて、それでＬｏｃｏが嬉しくなるシーンがあるじゃないですか。「こんなときでも歌っている」って。あのシーンが私はすごく好きで、クジラは幸福なミュージシャンだなと思うんです。創作物は、その人が作りたくて作るものだと思うのですが、その作る行為を見た人が、創作者の意図しないところで救われることがある。そういうところにも、創作物には凪良さんのおっしゃる鏡のような機能があって、小説家も音楽家もその意味では変わらない役割を担っていると思います。

初出　「リアルサウンド ブック」二〇二〇年十月

左から橋本絵莉子さん、凪良ゆうさん

対談

芦沢央×凪良ゆう

自分のことは信じていない。でも、どこかで信じている

Interview
Ashizawa You × Nagira Yuu

取材・文　吉田大助

『夜の道標』が日本推理作家協会賞を受賞するなど、ミステリー小説の第一線で活躍を続ける芦沢央《あしざわよう》さん。凪良さんとはコロナ禍中のオンライン飲み会で初対面となり、おたがいに切磋琢磨しあう「戦友」に。文壇に衝撃を与え続ける二人が小説を書くことの深層に迫る対談となりました。

芦沢央（あしざわ・よう）

1984年東京都生まれ。2012『罪の余白』で野性時代フロンティア文学賞を受賞しデビュー。同作が15年に映画化。18年『火のないところに煙は』が静岡書店大賞を受賞。23年『夜の道標』で日本推理作家協会賞（長篇・連作短篇部門）を受賞。ほかにも吉川英治文学新人賞、山本周五郎賞、本屋大賞、直木賞など数々の文学賞にノミネートが続いている。著書に『許されようとは思いません』『カインは言わなかった』『汚れた手をそこで拭かない』『神の悪手』など。

おたがいの小説の好きな部分

凪良　共通の担当編集さんが誘ってくれた「オン飲み」で、芦沢さんとオンラインでお話しさせていただいた時、「この人は小説が大好きなんだな！」って感激したんです。あの日はあまりにも楽しすぎて私、お酒を飲みすぎちゃって最後の方はほとんど記憶がないぐらいで。

芦沢　そうだったんですね。（笑）

凪良　だから今日こそ、芦沢さんとたくさん小説の話をシラフでするんだって思って来ました。

芦沢　私もまだまだ話したかったから、こういう機会をいただけて嬉しいです。じゃあ、いきなり語っていいですか？

凪良　ぜひぜひ。（笑）

芦沢　「オン飲み」の時に、私が『滅びの前のシャングリラ』で一番グッときたのは、友《ゆう》樹《き》のお母さんの静香《しずか》がりんごの甘煮を作るシーンだと話しましたよね。それは私自身が母として、子どもに普段何もできていないなという負い目のような気持ちと共鳴したからで。ただ、今回改めて「小説を通して凪良さんを知りたい！」みたいな気持ちで読み返してみたら、（藤森《ふじもり》）雪絵《ゆきえ》の存在がポイントなんだと思ったんですよ。友樹のクラスメイトで初恋相手でもある雪絵は、自分は養子で妹とは違って両親の血を継いでいないから……と、家族の中で疎外感を抱いていた。そして、最後の一ヶ月を過ごす相手として選んだのも、実の家族とは別の、血の繋がりのない家族なんですよね。ということは、地球最後の日に誰といたいかは、血の繋がりの有無が問題じゃない。何かを選ぶことは、他の何かを捨てることでもあるという責任を負ったうえで、他の人からその選択がどう見えるとかは関係なしに、自分の意思で自分の居場所を選んでいる。雪絵は、この物語を象徴する存在なんじゃないかなと思いました。

凪良　今のお話を伺いながら、私が芦沢さんの『僕の神さま』をとっても好きな理由がわかった気がしました。主人公の男の子が「神さま」と呼ぶぐらい尊敬している同級生の水《み》谷《ず》くんは、四話目までは本当に「神さま」みたいな名探偵じゃないですか。でも最後のお話で、水谷くんは「神さま」なんかじゃないということを提示したうえで、彼自身にものすごく過酷な道を選ばせている。絶対しんどいことになるとわかっていながら、水谷くんが自分の責任で自分の居場所、自分の未来を選ぶ姿に感動したんです。

芦沢　そう言っていただけると嬉しいです。あのラストはつらいとかひどいとか、結構言われたりもするんですよ。「子ども相手に容赦ないな！」とか。

凪良　それは、確かに（笑）。でも、未来を感じさせる、光のあるラストだったと私は思います。あと、私は芦沢さんの『カインは言わなかった』がすごくすごく好きなんですが、直接的にはダンサーと画家の話でありつつ、表現をする全ての人に関わる「人間の業《ごう》」についての話ですよね。書いていてしんどかったんじゃないかと思うんですが……。

芦沢　めちゃめちゃしんどかったです……。

凪良　だけど、最後の最後でやっぱり光を描いている。私だったら、最後にあの展開は書けないかもしれない。ああ、この作家は人間を信じているんだなと思ったんです。

変われないと思っていた自分が変われた瞬間

芦沢　私はデビューから十年目になるんですが、自分に対してずっと「このままでいいのか？」と思い続けてきたし、これからもずっとそうだと思うんです。自分のことを基本的に信じていないというか、変わっていくことでしか可能性を広げられないと思っている。凪良さんは、どうですか？

凪良 私は結構頑固なところがあって、変わりたいって思うんだけどどうしても変われない。例えば私の小説って、何にも解決してないことが多い気がするんです。明確な結論を出さずに、お話を終わらせているんですよね。

芦沢 重要なポイントですね。『神さまのビオトープ』もそうだし『流浪の月』も、主人公たちの関係性は「いろいろあって、元に戻った」だけだとも言える。でも、『流浪の月』が一番わかりやすいかもしれませんが、一回目の出会いでは偶然が大きく作用しているけれど、二回目の出会いは、自分たちの意思で摑み取っていったものなんですよ。「いろいろあって、元に戻った」ように見えるけれども、一回目の関係とは全く意味合いが違う。

凪良 周りの人からすれば同じ場所から全く動いてなさそうに見えるんですけど、本人たちの心の中では、全然違う場所に行っているんです。

芦沢 だから、そこにわかりやすい変化はないかもしれないけれども、物語としてのカタルシスはあるんです。

凪良 えっ、あるんですか⁉

芦沢 ある、というのが凪良作品の凄みなんだなと、今自分で話しながら初めて気づきました（笑）。周りからどう見られようと、登場人物たちが自分の居場所を自分の意思で選び取っている。人生をちゃんと前に進めている感触があるんですよ。

凪良　私は自分が何を書いているかがわからないことが多くて、今も芦沢さんのお話を聞きながら、「そういうことか！」となりました。ただ、私は『滅びの前のシャングリラ』で、四コママンガの四コマ目でいきなり全員死亡する、「爆破オチ」みたいなラストを書いてしまったので……。（苦笑）

芦沢　このラストはすごいです。みんな死んでしまうわけで、そういう意味では救いがないはずなのに、救いがある。それまで丁寧に登場人物たちのドラマを積み上げてきたからこそ、物語の必然というか、自然で強い説得力がある。鳥肌モノでした。最後のシーンは、書くのがしんどくなかったですか？

凪良　その三ページを書くのに、二ヶ月かかりました。書きあぐねていた二ヶ月は、最後の一日をみんながどう過ごしたかを、心情込みで詳細に書こうとしていたんです。そのやり方では書ききれないというか、書いても書いても終わる感じがしなかった。でも、ある時「起きたことだけ、事実だけを書いてみれば？」とアドバイスしてくださった方がいて。私は展開の妙とかよりも人の心を書いていくタイプの作家なので、そのやり方は自分の主義に反するというか、今までやってきたことを全部覆すことになる。だけど一回やってみようと書き出したら、とんとんとんと数時間で書けたんですよ。読み返してみても、事実メインで書いているんだけれども、ちゃんと気持ちも書いていた。

芦沢　うん、うん。書かないからこそ、行間から匂い立ってくるものがあるんですよね。今までの物語の記憶が、ブワーッと蘇ってくる。

凪良　できた……と思った時、パソコンの前で号泣しました。あっ、芦沢さん、私、その時自分を壊しました！

芦沢　おー!!

自分を信じていなければ一行だって書けない

凪良　芦沢さんの「こういうお話を書こう」という思いはどこからやってくるものなんですか？　いや、質問が違うのかも。何のために書くんですか？

芦沢　自分にとっての怖いもの、消化しきれない問題を、小説で書くことで少しでも明らかにしていきたい、という感覚が強いかもしれないです。『カインは言わなかった』でいえば、「夢に食いつぶされる」という問題。私には夢の諦め方がわからなくて、そのことが昔からずっと怖いんです。

凪良 夢が「作家になる」ことだったら、芦沢さんも私も今夢の中にいる。でも、夢の中にも山があるんですよね。いくつもの高い山があって、次はもっと高みに行きたいという思いが常に消えない。

芦沢 さっきは私、「自分のことを信じていない」と言いましたけど、どこかで信じてもいるんですよね。私はもっとやれるはずだ、変わることができれば、もっと面白い物語が掘り出せるはずだと思っている。

凪良 私、今、むちゃくちゃ芦沢さんと握手したいです。

芦沢 リモートじゃなければよかった！（笑）

凪良 私も自分を疑っているけれども、自分を信じていなかったら、一行だって書けない。両方の感覚があるからこそ、少しずつでも前に進んでいけるんでしょうね。

芦沢 いつかびっくりするぐらい高い山に登るためには、書き続けるしかない。いつか「これ、誰書いたの？　えっ、私⁉」みたいなやつ、書きたいです。

凪良 書きたい‼　自分の作品って、自分が書いたものだって意識は拭《ぬぐ》えないじゃないですか。そういう意識が全部すっ飛んでしまうような、自分が書いたものに自分で溺れてしまうような作品を、一生に一度でいいから書きたいです。

初出　「ダ・ヴィンチ」二〇二一年五月号

芦沢央さんの本

『僕の神さま』

未来を信じさせる、光あるラストシーン

「知ってる？　川上さん、親に殺されたらしいよ」僕が通う小学校で広がった、少女の死の噂話。川上さんは父親から虐待を受けていたが、誰からも協力を得られないまま転校したと聞いていた。しかも彼女の怨念が図書室の「呪いの本」にこめられたという怪談にまで発展する。日常のさまざまな謎を解決し、僕も「神さま」と尊敬する水谷くんは、噂の真相と呪いの正体に迫るが……。ラストに世界が反転する、せつないミステリー。

角川文庫

ロングインタビュー

デビューから十七年、全著作を振り返る

二〇〇七年にBL小説デビュー、二〇二三年には二度目の本屋大賞受賞を成し遂げ、大人気作家となった凪良さん。BLの名作から最新作『星を編む』まで。休むことなく駆け抜けた十七年間を、年表、全著作リストとともに振り返ります。

取材・文　講談社

＊凪良ゆうデビュー秘話

――本日は凪良さんにデビューから今までを振り返っていただきます。まず、二〇〇六年に雑誌掲載があり、〇七年に初めての単著が発売になりました。どのような経緯でデビューされたのでしょうか？

そもそも趣味で小説創作を始めたのに、面白くなりすぎて生活がおろそかになってしまったんですよね。そこでどうやったら誰にも責められずに、一日中小説を書いていられるだろう、と考えて、そうだ、プロになれば合法的に小説を書き続けられるのでは！　と思ったんですよ。（笑）

――そうして投稿されたわけですが、デビューできると思われていましたか？

デビューできると思っていた、というか……プロの小説家になりたい、と思っていたのではなく、小説を書きたいからプロになりたい、と思っていたんです。そこは逆転させてはダメなところですよね。

――なるほど、「作家になりたい」という思いと「小説を書きたい」という思いは似て非なるものですね。実際にプロになられてからは、いかがでしたか？

好きな小説を一日中書いてられる、と甘い考えから始まったんですけど、プロになると読者さんに楽しんでもらえる話を書かな

デビュー期

2007年 11月

花嫁は
マリッジブルー
（白泉社花丸文庫）

2008年 5月

恋愛犯
～LOVE HOLIC～
（白泉社花丸文庫BLACK）

◆ **本当のデビュー作と言える作品**

季節が夏に向かうとある日、日永望は街中で高校時代のクラスメイト、勢田春人を偶然に見かけた。声をかけた瞬間、勢田は歩道橋から落下し、なんと記憶を失ってしまう。そんな勢田を日永は自分のマンションへ引き取るが、なぜか彼の過去を説明しようとしない。実は日永には、勢田をストーカーしたという過去があったのだ。歪んだ過去を封印したまま、2人の奇妙な同居生活が始まったのだが……!?　罪にも似た妄執は、果たして本当の愛となり得るのだろうか？

くちゃいけないですよね。その前提を当時はまだきちんとわかってなかった。特にBLはジャンルとしてのお約束事が多いこともありますし、難しさはたくさんありました。

＊デビュー五年目までの苦悩と発見

——デビューから最初の五年ほどで印象深い作品はありますか？

デビュー二作目の『**恋愛犯**』でしょうか。私は元々性格がネガティブで暗いんです（笑）。デビュー当時は自分の作風が重いとあまり思ってなかったんですけど、読者さんから「重い・しんどい・苦しい」という三つの感想をよくいただいたんです。あ、もちろん好きだと言ってくれる人も多かったので、それが励みになったんですけど。

——それは今にも繋がっていますね。（笑）

デビューしたのは、どちらかというと明るくて楽しい物語が基本方針のレーベルからでした。なので、そういう方向の作品ばかり求められて書いていたんですが、本来の自分の作風とは違うので少しずつストレスが溜まっていたんです。そんなときに、「姉妹レーベルでの出版だから、あなたの好きな重たいものを書いてもいいですよ」と言われてのびのび書いたのが『恋愛犯』でした。なので、私の中で本当のデビュー作、という気持ちがあるのはこ

9月

花嫁は今夜もブルー

（白泉社花丸文庫）

2009年

2月

初恋姫

（白泉社花丸文庫）

4月

未完成

（白泉社花丸文庫BLACK／14年1月プランタン出版プラチナ文庫）

7月

夜明けには優しいキスを

（白泉社花丸文庫BLACK／14年2月プランタン出版プラチナ文庫）

の二作目かもしれません。

――二作目にして、既にご自分の方向性を見つけられたのは早いようにも思えます。

この機会を逃してなるものかと思って、必死に好きなものを書いていたので……、まだ方向性なんて立派なものは見つけていなかったように思います。

――他に思い入れの深い作品はありますか？

『真夜中クロニクル』ですね。デビュー当初に比べ、巻を重ねて少しずつ売れなくなってしまっていた時期で……。そんな中で、明るい作風を求められても、数字も伸びなくて。でも、それがプロになるということなんだから頑張らないといけない。そこで一度、市場のニーズに振り切って**『全ての恋は病から』**という小説を書いてみたんです。今読み返しても楽しくて大好きな物語なんですが、残念ながら売れなかったんですよね……。結果、デビュー版元からは、もうお仕事ができませんと言われてしまったんです。何を書いていいのかわからなくなってしまって、もう作家をやめようとまで思っていた。だから、最後に本当に自分が好きなものを自由に書こうと思ったのが『真夜中クロニクル』なんです。それまでは、作風が明るいものと暗いものに二分されていて、当時は、「黒凪良」と「白凪良」なんて言われていました（笑）。それが初めて自分の中で上手く混ざりあったのが『真夜中クロニ

2010年

3月

全ての恋は病から

（白泉社花丸文庫）

◆ **今読み返しても大好きな物語**

大学生の佐藤夏市は、いつでも人肌に触れていないとダメという謎の"ビョーキ"を患うゲイ。ある日、ミステリアスな雰囲気のサークルの先輩、椎名一貴が隣に越してくる。外見はクールビューティなのに、椎名はまったく掃除ができない汚部屋製造人だった!!　「いつもモフモフさせてくれる男が欲しい」「タダで掃除してくれるお手伝いさんが欲しい」"ビョーキ"な2人のお隣さんライフの行く末は……!?

4月

落花流水

（大洋図書SHY NOVELS）

クル』だったように思います。ようやく、自分に自信を取り戻せた物語なんです。

――先ほどのお話からすると、ご自分の作風が見えたのがこの作品なのでしょうか。

こういう物語を本当は書きたいんだ、と初めてわかった気がします。暗くもなく、いや、相変わらず「重い」とは言われたんですけど（笑）、私が本来書きたいものは、ただ重苦しい闇だけではなくちゃんと光が当たる部分もある。それまでの、光しか書かない、影しか書かない作風ではなく、ちゃんと光があって影がある陰影を一つの物語の中で書けた。それに人の成長を書くのがやっぱり好きなんでしょうね。『汝、星のごとく』は十七歳で出会った男女の十五年ほどの物語なのですが、この『真夜中クロニクル』も小学生と高校生の年齢差のある二人が出会って大人になっていく物語なんです。

――個人的には『積木の恋』や『恋愛前夜』などの作品の方が印象に残っているのかと思っていました。

もちろん、『積木の恋』や『恋愛前夜』も大好きですし、好きだとおっしゃってくださる読者さんが多いですが、作家としての第二のスタートと言えるのは『真夜中クロニクル』なのだと思います。

7月

散る散る、満ちる

（心交社ショコラノベルス／12年2月心交社ショコラ文庫）

12月

叶わない、恋をしている

（大洋図書SHY NOVELS／15年4月大洋図書SHY文庫）

2011年

4月

真夜中クロニクル

（大誠社LiLiK文庫／17年10月プランタン出版プラチナ文庫）

◆ **こういう物語を本当は書きたかった**

太陽の下に出られないニーナは、夜中の公園で7つ年下の陽光と出会った。どんなにそっけなくしても、醜い顔を見せてもずっとそばにいる陽光。その一途さに、ニーナの中にあった重くかたくななものが少しずつ溶かされていく。けれど進む時間の中で2人を取り巻く状況は変わる。苦しみ悩みながらも、唯一変わらない想いとは――。

＊凪良ゆう、五周年からの飛躍

——では、次の時期に行きましょう。デビュー五周年のころはどんな時期だったんでしょう。

　デビュー版元を離れ、あなたの書く話が好きですと言ってくださる担当編集者さんに恵まれた時期でしょうか。だから作風的な縛りがほぼこのあたりからなくなり、ようやくプロとして自分の書きたいものを書けるようになってきた。とても楽しく筆が乗って、バリバリと書けた時期ですね。

——この時期の印象深い作品はいかがでしょう?

　どれか一作品がというよりは、あとの作品に繋がる話が多いかな。一三年九月に刊行された『**あいのはなし**』。これは『流浪の月』の原型に近いかもしれません。具体的なストーリーは全然違うんですが、誘拐犯と誘拐された子どもが年月が経ってからもう一度出会うというお話です。このころに書いたお話はどれも好きな物語ばかりで選びにくいんですが……次の『**雨降りvega**』は明確な筋がない、ある意味では地味なお話なのに、好きだと言ってくれる読者さんが少しずつ、ずっと増えているのでありがたいです。その次の『**おやすみなさい、また明日**』は、私生活の中で大きな変化があってとてもしんどい時期に書いた話なので思い出深いですね。初めて言葉を赤裸々に使った、多分当時では一番

10月

積木の恋
（プランタン出版プラチナ文庫）

11月

恋愛前夜
（徳間書店キャラ文庫）

12月

もったいない!
（角川ルビー文庫）

2012年

5月

まばたきを三回
（心交社ショコラ文庫）

6月

天涯行き
（徳間書店キャラ文庫）

9月

お菓子の家 〜un petit nid〜
（プランタン出版プラチナ文庫）

自分を色濃く映した物語でしょうか。
　そうそう、この『おやすみなさい、また明日』の最後、本編が終わったあと、二人が老人になってからの掌編が入っています。実は担当編集者さんから、この掌編は読者さんが求めているものと合致しないのではないか、この先の物語を書くのはやめましょう、と意見をもらったんです。普段そういうことをおっしゃらない担当さんのアドバイスでしたし受け入れたいと思ったのですが、そこだけはどうしても書かせてください、とお願いしてしまいました。私はそここそが書きたくて、きつい物語を紡いでいたんです。それが読者さんが喜んでくれることなのか自信は全然なかったんですけど……。結果として、その掌編があるからこその物語だと思う、という感想をたくさんもらったんですよ。だから、すごく口はばったいけど、それまで律儀に守ってきたジャンルのルールよりも、自分の書きたい欲を初めて前面に出した物語です。そういった意味でも印象に残っています。

＊今に続く代表作、「美しい彼」シリーズの誕生

——そうして、いろんなくびきから解き放たれていき、今の凪良さんが出来上がっていったのですね。その後はいかがですか。
　そう言われるとちょっと偉そうですけども（笑）。解き放たれ

11月
凪良ゆうデビュー5周年

12月

恋をするということ
（幻冬舎ルチル文庫）

2013年

2月

きみが好きだった
（徳間書店／18年12月徳間書店キャラ文庫）

9月

あいのはなし
（心交社ショコラ文庫）

◈『流浪の月』の原型
愛する男を失くした岸本波瑠は、彼の9歳の息子・桐島梱とあてのない旅に出た。奇妙なことに、梱は自分の中に父親がいると言い、そして時おり本物の彼のように振る舞った。不思議で幸せな3人での生活。だが、幼い梱と他人の波瑠が長く一緒にいられるはずもなく、逃避行は悲劇的な結末を迎えた。——それから10年、あの日姿を消した波瑠を、梱はずっと捜し続け……。時をかけ、3人の想いが絡み合う不思議な愛の物語。

ちゃったので、それまで以上に自由に書かせていただいていました。読者さんの期待に応えることは意識していましたが、なんとなく読者さんも、「あなたに対して〝お約束〟は求めてないから大丈夫です」的な……私の作風がある程度読者さんにも伝わって、固定読者さんがついてきてくださったことは本当にありがたかったです。だからこそ、このあとに『美しい彼』を出せたんだと思います。

――ここで今も続く人気シリーズ「美しい彼」が生まれるわけですね。この作品の主人公たち二人もそれまでのBLには出てこないタイプのキャラクターですよね。

　かっこよくあるべきはずの主人公が、気持ち悪いという時点で駄目だろうなと思ったんですけど……でも今度は担当さんが、書きましょうか、とやや諦めがちに（笑）。ただ実は、発売当初から爆発的に売れたわけではないんですよ。ずっと地道に支持をいただいて今に繋がってるんですね。私の作品はどちらかというとそういう傾向のものが多いですが、それがドラマ化されて、大人気になるなんて想像もしていませんでした。このドラマ版は本当に素敵なキャストさんや制作陣の皆さんに恵まれて、感謝してもしきれません。

　改めて今まで話してきて気がついたんですけど、やはり自分の書きたい思いが詰まった作品が最終的に読者さんからの支持をい

12月

雨降りvega

（幻冬舎ルチル文庫）

◆読者が少しずつ増えている

高校生の文人が唯一心を開くのはネットで知り合った年上の男性「アルタイル」。趣味の天体観測を通じて穏やかにメールを交わすつきあいだ。卒業式の後、友人の言葉に酷く傷ついた文人は駆けつけたアルタイルと初めて会いその人柄に更に惹かれるが、本名すらわからないまま交流は途絶える。数ヶ月後、姉が連れて来た婚約者はアルタイルその人で――？

2014年

1月

おやすみなさい、また明日

（徳間書店キャラ文庫）

◆書きたい欲を初めて前面に出した

長年のパートナーから「子どもがほしいから別れてくれ」と、突然フラれてしまった売れない小説家のつぐみ。新しく部屋を借りるにも、保証人もなく途方にくれていたところ、なんでも屋をしている青年・朔太郎に出会い、彼の実家が営むアパートに入居することに！　おおらかで世話好きな朔太郎に、すぐに惹かれてゆくつぐみだけれど、朔太郎に「恋人は作らない」と告げられて……。

ただけているような気がします。『ショートケーキの苺にはさわらないで』とその続編になる『2119 9 29』はSFっぽいお話でもありますが、ファンの皆さんに支えてもらって、自分の作風をわかってくれる担当編集者さんと組めて、楽しんで書かせてもらった。だからこそ、新しいことに挑戦しようと思える余力が生まれた時期なのかもしれません。そして、この二〇一五年ごろに文芸レーベルの講談社タイガさんから初めての執筆依頼をいただいたんです。

＊凪良ゆう、ついに文芸レーベルデビュー

——ついに、一七年四月、『神さまのビオトープ』が凪良さんの文芸レーベルからのデビュー作になります！

でもその前に一七年一月に『**闇を呼ぶ声—周と西門—**』がありますよね……。

——はい、ありますね。あまり表には出していない裏話が……それ言っちゃいます？（笑）

ありますね、すごく思い出深い話が（笑）。これは実は講談社タイガさんに最初に出したプロットがボツになり、それをBL用に書き直した作品なんですよね。一般文芸とBLの中間のような、ミステリーやホラーのテイストを盛り込んだ初めて挑戦したタイ

4月

求愛前夜
恋愛前夜2
（徳間書店キャラ文庫）

7月

365＋1
（プランタン出版
プラチナ文庫）

12月

美しい彼
（徳間書店キャラ文庫）

10月

それはおまえが
童貞だからです
（幻冬舎ルチル文庫）

12月

愛しの
いばら姫
（プランタン出版
プラチナ文庫）

◈ドラマ版も大人気の
代表シリーズ

幼いころから緊張すると言葉がつかえてしまうため、内向的で、高校でも目立たない存在の平良。そんな平良が憧れるのは、クラスメイトの清居だ。人目を惹く美貌に、誰にも媚びない態度で、クラスの王様として君臨する清居。「彼にとっては、誰もが平等に無価値なんだ——」。グループのみそっかす的な平良は、清居に忠誠を尽くすのが喜びだったけれど……？

プの物語です。

――その節は申し訳ありませんでした（笑）。ですが、いつかこのお話の続きも出しましょう。

　ありがとうございます（笑）。やはり講談社タイガさんはミステリーのイメージが強かったのでこのお話を作ったんですが、ボツになったときに、「面白いけれど、レーベルカラーを意識せず凪良さんらしいお話を書いてください」と言われたんです。それで私らしい話って何だろう、と思ったときに、せっかく文芸レーベルで書けるなら、これまで書けなかった男女の話を書こう、そして、文芸で書かせてもらえるのは、最初で最後だろうから投げられる球を全部投げよう、と思ったんです。夫婦関係にある二人の片方が幽霊という変則的な要素を入れつつ……ＢＬを書いてるときに手応えを感じた、私好みのお話のタネを練り直して次々盛り込んでいったのが『**神さまのビオトープ**』です。すごく不思議なんですが、振り返ってみると、その後文芸で書かせていただいたいろんなお話のベースになってる作品なんですよね。

――そうですね。『ビオトープ』を発売後しばらくたって再び書店さんと売り出そうとしたときに、「凪良ゆうの原点」という言葉を帯に使った覚えがあります。凪良ゆうという作家の様々なエッセンスが詰まった物語です。

　それが読者さんにも伝わっているように思います。『ビオトー

2015年

2月

ショートケーキの苺にはさわらないで
（心交社ショコラ文庫）

7月

ここで待ってる
（徳間書店キャラ文庫）

8月

ニアリーイコール
（新書館ディアプラス文庫）

10月

累る
―kasaneru―
（プランタン出版プラチナ文庫）

11月

初恋の嵐
（徳間書店キャラ文庫）

2016年

4月

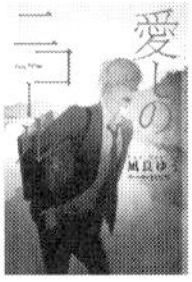

愛しのニコール
（心交社ショコラ文庫）

6月

薔薇色じゃない
（幻冬舎）

12月

憎らしい彼
美しい彼2
（徳間書店キャラ文庫）

プ』の中に「彼女の謝肉祭」という一編があるんですけど、それは『美しい彼』を彷彿とさせるとBL時代から読んでくださってる読者さんからはよく言われます。

――そして、それから一年ほど経ち『すみれ荘ファミリア』が文芸の二作品目として刊行されました。

『すみれ荘ファミリア』は今は講談社タイガさんに入っていますが、最初はもっと明るい作品の多い富士見L文庫さんからの刊行でした。ですが、担当編集者さんがこちらでも、レーベルカラーは考えなくていいから、と言ってくださってとても嬉しくなりました。レーベルのカラーを破ってもいいというのはかなり難しく、覚悟のいることだと、これぐらいのキャリアになるとわかってきますよね。ですから、なるべくレーベルの印象を守りつつも好きなことをやるつもりで、せめてタイトルと装丁はほんわか下宿の雰囲気で、でも読んでみるとほんわかしてないという……これもやっぱり人間の裏表を描いた話ですね。裏表を描くけれども、ただイヤミス的な話ではなく、先ほどと同じく、ちゃんと最後に救いのようなものを入れたいと思っていました。このころになると、もう「白凪良」「黒凪良」という簡単な区分けではないですね。人によってそれぞれの答えはみんな違って、たった一つの正解なんてない。でも、それぞれ違う答えを出すにしても、読者さんにわかってもらえなくてもいいわけではない。自分の書きたい

2017年

1月

闇を呼ぶ声 ―周と西門―

（プランタン出版 プラチナ文庫）

◆ **文芸ジャンルデビュー作になるはずだった?**

憑いた霊を引きはがす呼児の周には、それを彼岸へ封じる戻児で唯一の対でもある双子の妹がいた。その妹を亡くして以来、周は力を使おうとせず鬱々と生きている。突然同居することになった親戚の西門にも、胡散くささしか感じなかった。けれど、胸中の痛みを覗かせる彼の言葉は、周の心をほぐしていく。

4月

神さまのビオトープ

（講談社タイガ）

◆ **凪良ゆうの原点**

うる波は、事故死した夫「鹿野くん」の幽霊と一緒に暮らしている。彼の存在は秘密にしていたが、大学の後輩で恋人どうしの佐々と千花に知られてしまう。うる波が事実を打ち明けて程なく佐々は不審な死を遂げる。遺された千花が秘匿するある事情とは? 機械の親友を持つ少年、小さな子どもを一途に愛する青年など、密やかな愛情がこぼれ落ちる瞬間をとらえた4編の物語。

ものは書きたい、それは譲らない、だけどそれをどう読者さんに伝わる形で書くか。それができるのが本当のプロで、私もそうありたいと思っていて、少しずつ自然にできるようになってきた時期、であればいいですね。(笑)

＊『流浪の月』、誕生前夜

——そしてこのあと、『流浪の月』の刊行が控えています。この時期に改めて講談社と勝負作を一緒につくりましょう、という話をしました。一九年の春ごろですね。

　とてもびっくりしました。『神さまのビオトープ』が発売当初、全然売れなかったので、もうお仕事を絶対もらえないと思っていましたから(笑)。だけど、一九年の春ぐらいに発売から約二年経ち、『神さまのビオトープ』をもう一度売り出そうと動いてくださって……本当にありがたかったです。

——このあたりの話は、様々なインタビューやイベントなどでも語ってきたことではありますが、「あなたはいつか絶対もっと評価される方です！　もう一度チャンスをください！」とお願いをしていました。結果として、その「いつか」は想像以上に早かったのですが……(笑)。そして、一九年八月に『流浪の月』が世に出ます。執筆中や刊行後の手応えはどうだったんですか？

5月

天水桃綺譚

(プランタン出版プラチナ文庫)

7月

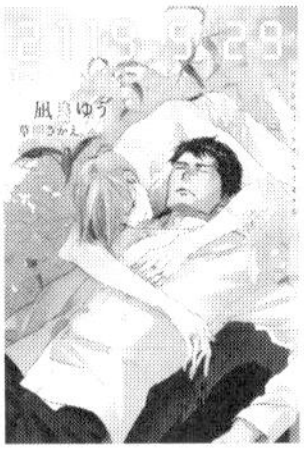

2119 9 29

(心交社ショコラ文庫)

11月

凪良ゆうデビュー10周年

12月

セキュリティ・ブランケット(上)

(徳間書店キャラ文庫)

2018年

1月

セキュリティ・ブランケット(下)

(徳間書店キャラ文庫)

『流浪の月』を書いてる間はすごく苦しかったし、刊行前後もしんどかったです。ただ、同時に満足していたような気もします。もっとああすればよかった、こうすればよかったというような後悔はほとんどありません。初めて何の後悔もない作品ができた、のかもしれない。

――『ビオトープ』がその当時の原点で凪良さんのエッセンスがすべて詰まっている作品だとしたら、『流浪の月』は、そのとき持てる力を全部注ぎ込んだ作品かもしれないですね。

私は自分に自信がないタイプなので、ぐるぐるぐるぐる、ずっといろんなことを考えてしまって、前に進めなくなってしまうんですね。『流浪の月』は担当編集者さんが今まで経験したことがない史上最高の量の赤字を原稿に入れてきたんです。だけど、担当さんを信頼して、一つ一つの不安要素を一緒につぶしていけた。それは言われるがまま直したわけではなく、これを直すのはどういう意味なのか、細かいところまですべて説明されて、本当に直した方がいいのかを自分が完全に納得してから直す。それを全編にわたってやったから、やりきった感があったのかもしれません。『ビオトープ』や『ファミリア』は新しいジャンルへの挑戦、作家としての過渡期に書いたお話で、それらが上手く繋いでくれたから、『流浪の月』が生まれたようにも思います。

7月

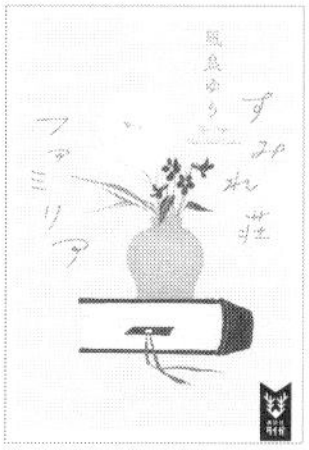

すみれ荘ファミリア

（KADOKAWA富士見L文庫／21年5月講談社タイガ）

◆ **人間の裏表を描く、愛のはなし**

下宿すみれ荘の管理人を務める一悟は、気心知れた入居者たちと慎ましやかな日々を送っていた。そこに、芥と名乗る小説家の男が引っ越してくる。彼は幼いころに生き別れた弟のようだが、なぜか正体を明かさない。真っ直ぐで言葉を飾らない芥と時を過ごすうち、周囲の人々の秘密と思わぬ一面が露わになっていく。愛は毒か、それとも救いか。

9月

満願成就
―周と西門―

（プランタン出版プラチナ文庫）

2019年

7月

悩ましい彼
美しい彼3

（徳間書店キャラ文庫）

＊大きな転機と『わたしの美しい庭』

──その作品が本屋大賞受賞となりました。そのときの感覚はいかがでしたか？

実感がなかった、というのが正直な感想です（笑）。それまで本屋大賞なんて縁のない場所で生きてたから。『神さまのビオトープ』を二度目に売り出してもらって、初めて書店さんにご挨拶に行ったときも、自分の本が書店の棚に並んでる、展開されていることにまず感動して涙してしまった。そこからのスタートでしたから。それまでも書店さんはきちんと売り続けてくださっていたんですけども、それでも書店さんには自分の本がないのが普通と思っていたんですよね。だから『流浪の月』で本屋大賞をいただいたときも、それがどれだけすごいことなのか、最初はピンと来ていなかったかもしれません。

──本屋大賞受賞で本当はもっと実感が湧くはずですが、受賞と、コロナによる最初の緊急事態宣言が同時でした。授賞式すら開催されずにVTRだけの出演でしたよね。コロナ禍の影響も大きいのかもしれません。

そうですね。もしコロナがなかったら、もっと劇的な変化が自分の中に起きていたのかもしれない。ただ私は元々そういう変化にすごく弱いタイプなので、本当に大変な状況ではありましたが、

8月

流浪の月

（東京創元社／22年2月創元文芸文庫）

＊2020年本屋大賞受賞
＊第41回吉川英治文学新人賞候補 ほか

◈初めて何の後悔もない作品ができた

最初にお父さんがいなくなって、次にお母さんもいなくなって、わたしの幸福な日々は終わりを告げた。すこしずつ心が死んでいくわたしに居場所をくれたのが文だった。それがどのような結末を迎えるかも知らないままに──。だから15年の時を経て彼と再会を果たし、わたしは再び願った。この願いを、きっと誰もが認めないだろう。周囲のひとびとの善意を打ち捨て、あるいは大切なひとさえも傷付けることになるかもしれない。それでも文、わたしはあなたのそばにいたい──。新しい人間関係への旅立ちを描いた、息をのむ傑作小説。

緩やかに時間をかけてゆっくり本屋大賞受賞がどういうことなのかを自分の中で受け止める時間ができました。ただ、授賞式はもちろん、イベントもお祝いも、書店さんへのお礼参りもできなかったので、今でもどこかで夢だったのでは、という気持ちもあります。（笑）

――そして『流浪の月』のあとに『わたしの美しい庭』が刊行されます。どんな思い入れがありますか。

久しぶりに、「こういう作品を書いてほしい」というオーダーを受けて書いたのが『**わたしの美しい庭**』です。ポプラ社さんは児童書ルーツの版元ですから、あまり重たい、苦しい話はNGだと最初に言われました。ふんわりやわらかい話は久しぶりでしたが、ホワホワと書きました。無理やり合わせて書いた話でもなく、『流浪の月』から書きたいものやテーマはちゃんと繋がっていると思うんです。本来の私の小説の書き方のスタイルは、ぐっと深く、深海に潜っていくような気持ちで書いているのですが、この作品は大陸棚の浅瀬で泳いだような感じでしょうか。深海まで潜ると光があまり届かなくなるけれど、浅いところだと光はもっと通る。重苦しさよりも、その綺麗さを大切にしながら、気持ちよくどこまでも泳げるようなイメージ。そういう雰囲気が好かれているのか、『わたしの美しい庭』が一番好き、という読者さんもたくさんいてくださいますね。

12月

＊ **第11回山田風太郎賞候補 ほか**

わたしの美しい庭

（ポプラ社／21年12月ポプラ文庫）

◆ **世界には柔らかな光があふれている**

小学生の百音と統理は2人暮らし。朝になると同じマンションに住む路有が遊びにきて、3人でご飯を食べる。百音と統理は血が繋がっていない。その生活を〝変わっている〟という人もいるけれど、日々楽しく過ごしている。3人が住むマンションの屋上。そこには小さな神社があり、統理が管理をしている。地元の人からは『屋上神社』とか『縁切りさん』と気安く呼ばれていて、断ち物の神さまが祀られている。悪癖、気鬱となる悪いご縁、すべてを断ち切ってくれるといい、〝いろんなもの〟が心に絡んでしまった人がやってくるが――。

＊どうしようもなく、暗くて希望に満ちた物語

――二〇年に『滅びの前のシャングリラ』が刊行されました。

はい、これまでの作品の中でも、また違う作風かもしれません。多分、『わたしの美しい庭』の反動もあったのでしょうか。どちらか一つに寄せて書くと、その次に書くものが跳ね返るのが私のパターンなのかな。久しぶりに白に寄ったから次は黒で、ということでもないけど、少し暴れて育った作品ではありますよね。私は、担当編集者さんのカラーがその時々の作品に強く出るタイプの作家なんです。作品を担当さんと一緒に作っていきたいという思いが強い。**『滅びの前のシャングリラ』**は担当さんが、こういったタイプの作品が好きだったから生まれた作品ですね。

――『シャングリラ』は脱稿直前のところまで書いていたのに、そこからかなり時間がかかっていました。

小惑星が落ち、世界と人類がみんな最後に滅んでしまう結末は決まっていたのですが、自分で決めたのにそんなの書けないよ、と思っちゃって……。死ぬ前日や、一週間前などで物語は終わらず、最後の最後まで書ききるんだと決めていたので、その最後のたった一日を書くのに二ヶ月ぐらいかかった。

そのとき、もう感情を書かずにその日に起きた出来事だけを書いてみては、とアドバイスをしてくれた編集者さんがいたんです。

2020年

10月

滅びの前の
シャングリラ

（中央公論新社／24年1月中公文庫）

＊2021年本屋大賞候補
＊キノベス！2021第1位 ほか

◆最後の一日を書くために、2ヶ月かかった

「明日死ねたら楽なのにとずっと夢見ていた。なのに最期の最期になって、もう少し生きてみてもよかったと思っている」
1ヶ月後、小惑星が地球に衝突する。滅亡を前に荒廃していく世界の中で「人生をうまく生きられなかった」4人は、最期の時までをどう過ごすのか――。滅びゆく運命の中で、凪良ゆうが「幸せ」を問う。

2021年

9月

interlude
美しい彼 番外編集

（徳間書店キャラ文庫）

それを試してみたらスルスルと書けて、しかも結果としてきちんと感情も入るエンディングになっていました。私は感情表現や心理描写に重きを置く作風なんですが、そこを一旦捨てたからこそ書けたラストシーンで気に入っています。題材的には今まで書いた中でも、どうしようもなく暗い結末なんだけど、でも最後は希望にあふれた、一番明るい終わり方でもあると思ってるんです。世界は暗くても、ちゃんとそれに反するラストシーンにしよう、絶望を書いて絶望のまま終わってしまったら、私がこれを書く意味はないと思っていました。繰り返しになってしまうんですが、私は別に暗いだけの話を書きたいんじゃなくて、そこに光があったり、生きている人の感情が描写されてる物語が好きなんだ、と思えた作品です。

＊デビュー十五周年と『汝、星のごとく』

——そして二二年八月、『汝、星のごとく』が刊行されます。

　二二年の八月ですか。あっという間でもあり、もっと長い時間が経ったような気もします。

——振り返るというのには早すぎるし、まだ走っている最中でもありますしね。ようやくここまでたどり着いたと感じますが、凪良さんの中で、これまでの十五年間と文芸デビューからの五年を走り続けてき

2022年

4月
凪良ゆう文芸デビュー5周年

8月

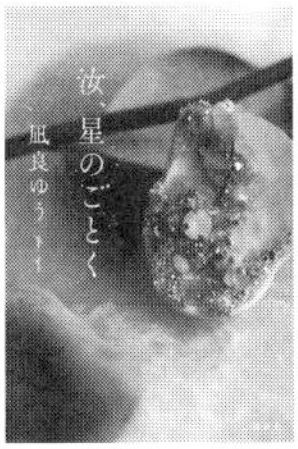

汝、星のごとく
（講談社）

＊2023年本屋大賞受賞
＊第168回直木賞候補
＊2022王様のブランチBOOK大賞受賞
＊キノベス！2023第1位 ほか

◈凪良ゆうの最高傑作にして集大成

正しさに縛られ、愛に呪われ、それでもわたしたちは生きていく——。
風光明媚な瀬戸内の島に育った高校生の暁海と、自由奔放な母の恋愛に振り回され島に転校してきた櫂。ともに心に孤独と欠落を抱えた2人は、惹かれ合い、すれ違い、そして成長していく。生きることの自由さと不自由さを描き続けてきた著者が紡ぐ、ひとつではない愛の物語。

11月
凪良ゆうデビュー15周年

て生まれたこの作品は、どんな意味のあるものでしょう。

自分で自分の作品を説明するのはなかなか難しいですよね。作品だけに限ると、読んでくださいとしか言えないんだけど……。BLでは描ききれなかったものを、男女の形で今、もう一度描きたいという思いがありました。私はずっと愛の話を書いてきた作家だと思っているので、そこに戻ってきた。同時に、あのときの自分の実力では書ききれなかったものをまたもう一度書いた、という感覚でしょうか。原点に戻りながらちゃんと一歩踏み出している物語。文芸でも書いてきた物語の中心を貫いているテーマが、この物語にも生きている。何も取りこぼしていない。

――『神さまのビオトープ』で原点という言葉を使いましたが、『汝、星のごとく』では最高傑作という言葉を初版の帯に使いました。

これは十五周年だったから、というわけではなく、書くべくして書いた、今の時点での私の集大成の作品だと思っています。集大成や最高傑作というのは中々簡単には使えない言葉だと思うのですが、読者さんの中にもそう言ってくださる方が多かったので、本当に嬉しかったです。

――今までのお話を伺ってきて、いろんなターニングポイントや飛躍する瞬間のようなものがあったように思います。そして、たどり着くべくして、ここにたどり着かれたような印象を受けました。

そうですね、ぐるっと大きく回って原点に戻ってきたけど、前

2023年 11月

星を編む

（講談社）

◈『汝、星のごとく』で語りきれなかった愛の物語

花火のように煌めいて、届かぬ星を見上げて、海のように見守って、いつでもそこには愛があった。ああ、そうか。わたしたちは幸せだったのかもしれないね。
「春に翔ぶ」――櫂と暁海を支える教師・北原が秘めた過去。彼が病院で話しかけられた教え子の菜々が抱えていた問題とは?
「星を編む」――才能という名の星を輝かせるために、魂を燃やす編集者たちの物語。櫂を担当した編集者二人がつないだもの。
「波を渡る」――花火のように煌めく時間を経て、愛の果てにも暁海の人生は続いていく。

にいた場所とはちょっと違う。『汝、星のごとく』は、『流浪の月』の刊行前から打ち合わせは続いていたので、そこから数えると三年くらい温めていたことになる。その間、ずっと一緒に走ってくれた担当さんの力も大きいと思います。それはきちんと言っておきたい。

――一九年に『汝、星のごとく』のきっかけとなる、中学生や高校生から大人になるまでの長いスパンの恋愛の物語を書きたいです、という打ち合わせを京都でしましたね。

あのときとても印象に残っているのは担当さんが、酔っぱらいながら自分の学生時代の恋の話を赤裸々に語ってくれたことでしょうか（笑）。ご本人はこのお話が恥ずかしいと思うんですけど、でもあのときにこの担当さんとは、恋愛を軸とした物語を書きたい、と思えたんです。

――彼の名誉のためにも、あくまで作品のためになるならと、自分を切り売りしてお話のタネを提供したのだろう、と言い訳をしておきます。（笑）

私も自分を切り売りして物語を書くタイプの作家なので、やはりこのお話ができたのはある意味での運命なのかもしれません（笑）。今、この小説を世に出せてよかったです。

――『星を編む』は『汝、星のごとく』の続篇にあたる作品でした。

担当さんの意見で、『汝』の執筆段階からこの『**星を編む**』を書くことは決まっていました。作中に登場する北原《きたはら》先生のバックボーンをもっと書きたかったのですが、『汝』は暁海《あきみ》と櫂《かい》の二人の物語なので、ノイズになってしまうと思ったんです。

――高く評価された作品の続編を書くことに葛藤はあったのではないでしょうか。

まさしくその通りで、エンドマークを置いた物語の続きを書くのはとても恐ろしいことでした。今までの世界を壊してしまうのでは、読んだ方をがっかりさせてしまうのではと、日々葛藤していました。それでも世に出て、読者の方からたくさんの嬉しい感想をいただきました。今では書いてよかったと思えています。

――二〇二三年は二度目の本屋大賞受賞など、怒濤の一年でした。これからの小説家としての目標はありますか？

二〇二三年は本当に嬉しいことばかりの一年でした。私がここまで来れたのは、応援してくださったファンの皆さん、書店員さん、出版社の皆さんなど、多くの人のおかげです。これからも皆さんの力を借りながら、長く書き続けられる作家になりたいです。どうかよろしくお願いします。

初出：「凪良ゆうデビュー15周年記念小冊子」二〇二三年一月　講談社

対談

ヤマシタトモコ × 凪良ゆう

マンガと小説で、BLの可能性を切り開く

Interview
Yamashita Tomoko × Nagira Yuu

取材・文　吉田大助

二〇〇七年は凪良さんがBL作家としてデビューを果たした年であると同時に、マンガ家のヤマシタトモコさんがBL作品でコミックスデビューを果たした年です。非BL作品でも、凪良さんは二度の本屋大賞を受賞、ヤマシタさんは『違国日記』の映画化が決定するなど、話題作を発表し続ける最強の〝同期〟対談がここに実現しました。

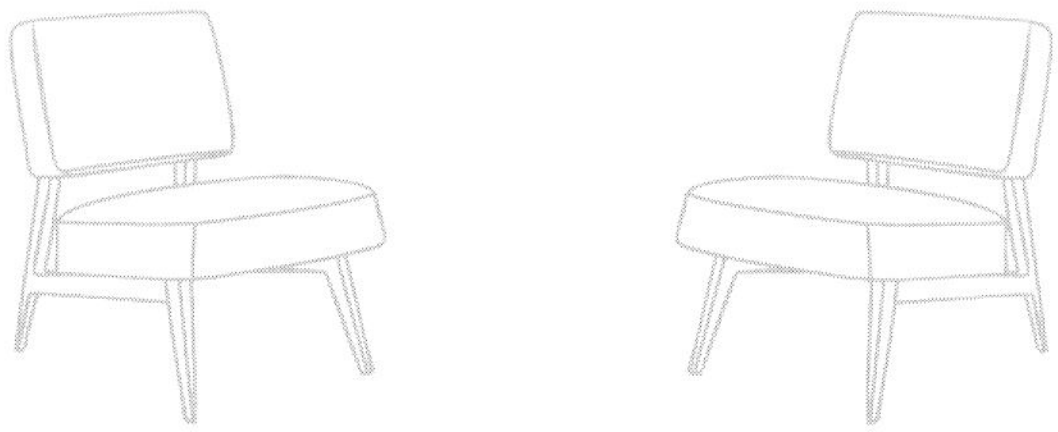

ヤマシタトモコ

2005年、BL誌に掲載された「神の名は夜」でデビュー。同年「ねこぜの夜明け前」でアフタヌーン四季賞を受賞。07年、『くいもの処 明楽』が「このマンガがすごい! 2007（BL部門）」で1位を獲得。09年より一般誌に本格進出し、11年に『HER』で「このマンガがすごい! 2011 オンナ編」の1位を獲得。23年『FEEL YOUNG』で連載していた『違国日記』が完結。24年には実写映画化が決定している。

BLの様式美にヤマシタさんはリアルを持ち込んだ

凪良　私が初めて読ませていただいたヤマシタさんの作品はBLだったんですが、他では読んだことのない新鮮な感触がありました。ヤマシタさんが出てこられてから、少しずつBLのマンガの幅が広がっていったように思うんです。ご自身はBLの可能性を切り開こう、と意識されていたんでしょうか？

ヤマシタ　全然！「私が読みたいんだから、みんなも読みたいんでしょ？」という傲慢な気持ちもあるにはあったんですが、表現の面でも萌えの面でも、自分が読みたいと思うものは少数派だろうなという自覚はありました。実際に本を出してみたら「意外といっぱいいいた！」って、私にとっても驚きでしたね。

凪良　最初のコミックス（二〇〇七年刊『くいもの処　明楽《あきら》』）、爆発的な売れ方でしたよね。実はみんな、こういうものが読みたかったんだと思うんです。ヤマシタさんが描かれる男性って、とってもリアル。人間として弱いところやだらしないところがある男性ばっかりで。それは他のBLでは描かれないという意味では新鮮なんだけれども、とても馴染み深い存在でもあるんですよね。

ヤマシタ　その辺にいそうな人たちなんですよね。普通にオナラしそうな男の人たちが恋愛しているほうが、私は見ていて楽しめる。

凪良　ですよね！　私もヤマシタさんのデビュー作が出た同じ年に、ＢＬ作家としてデビュー作を出しているんです。だからよく覚えているんですが、当時はＢＬ界隈で「スーパー攻め様」が流行《はや》ったじゃないですか。

ヤマシタ　懐かしい！　「スーパー攻め様」は私、残念だけど萌えなかったなあ。

凪良　お金を持っていて社会的地位が高くてちょっと強引で……という「スーパー攻め様」は、オナラなんて絶対にしない。「スーパー攻め様」は世の中にいないけど、ヤマシタさんのマンガの中にいる男の子は、この世界にちゃんといるんです。

ヤマシタ　私はフィクションの物語を読んだり観たりした後で、そこに出てくる人たちが実在しているような錯覚を持てたら楽しいなと思っているんです。友達の恋を、自分が本当に隣にいて垣間見るみたいな、そういう風景を書きたいなぁという思いは昔からありました。

凪良　セリフがね、とってもリアルだったんですよ。真剣に誰かに恋をすることであったり、誰かと普通に付き合ったりしている過程で必ず生まれるであろう葛藤が、セリフの中にきちっと織り込まれている。ＢＬは基本的に様式美の世界なので、そういう生々しい心情のやりとりって当時は少なかった。私が書いているのは小説ですが、ヤマシタさんが切り開かれたＢＬマンガから間違いなく影響を受けていると思います。

世界から締め出される悲しさを再生産したくない

ヤマシタ　私、ＢＬの小説は疎《うと》いんです。どこから手をつけていいのやらってくらい量があるから、呆然としてしまう（苦笑）。凪良さんの作品も、本屋大賞を取られたのがＢＬ作家さんだっていうのを聞いてへぇーっと思いつつ、積読《つんどく》してしまっていて。今回対談の話をいただいた時に、『滅びの前のシャングリラ』をようやく拝読して、「わぁ？　しんどい！」となりながらもがーっと一気に読んで、「これはＢＬも含めて凪良さんの作品を読まねばならん」と思っている状態なんです。

凪良　一般で書いたものはどれもそうなんですが、特に『滅びの前のシャングリラ』はＢＬだったら絶対書けない作品でした。

ヤマシタ　ですよね。私は『花井沢町公民館便り』（二〇一四年〜一六年）という作品で、〝小規模世界崩壊〟みたいな話を書いたんです。かなり暗い話だったんですが、私自身は描いている間、すこぶる健康で。ひどい目にあう人を描くことによってしか得られない、心の栄養素があると思うんですよ。それは見る側読む側に回った時も同じで、ちょっと気持ちが落ち込んでいてしんどい時こそ、暗い話を欲したくなる。優しい物語よりも暴力的な物語のほうが、行き場のないエネルギーだったり疲れた心を、かえって慰《なぐさ》めてくれることがあるなぁと思うんです。

凪良　それは確実にあると思います。心が弱っている時って、誰にもどこも触られたくなくなっている。逆に、殴りたくなるような衝動のほうがあるんですよね。そういう時は優しく慰められるより、殴りたい衝動を発散させてもらえるものに行くかもしれません。

ヤマシタ　「BL小説は制約がすごく多いよ」って人から聞き及んでいたりしたので、こういうお話を書く方が隠れていたのかと驚きました。

凪良　今年（二〇二〇年）から来年にかけて、BL作家さんが一般のほうにドドドッと進出してくるみたいです。

ヤマシタ　いい作家がゴロゴロいるじゃないか、と。

凪良　そうなんですよ。BLの小説を書く時は女性の登場人物はあまり出せないですし、男性同士の恋愛がメインテーマですから女性を主人公にすることはできない。ヤマシタさんも、ＢＬから一般のほうをメインに描かれるようになりましたよね。何かきっかけがあったんですか？

ヤマシタ　ＢＬって何かと特別視されがちですけど、私の中では異性愛と同じ〝恋愛もの〟というフォルダに入っています。だから、創作上の制約という意味では「恋愛を主軸にしましょうね！」ぐらいでやっていけたんですが、ある時ＢＬ誌の編集さんから、「女の子が出てくる話はもういいです」と言われたんです。

凪良　えっ……⁉

ヤマシタ　私が十代の読み手だった頃から、ＢＬは大好きだけど女の子が邪魔者扱いされているのがイヤだったんですね。キャラクター同士の恋愛を応援したい立場として自分が読んでいるのに、その世界から女性である自分は締め出されている感じがして、すごく悲しかった。その悲しさを再生産したくないし主要カップル以外の女性も男性も生きてる世界が描きたいという気持ちで、作品の中に女の子を出していたんですが、担当編集にもういらないと言われ、じゃあもういいかな、ＢＬはちょっとお休みしようかな、と……。しばらくしたら、別の媒体でまた描いたんですけどね。

凪良　今おっしゃられたこと、私もよく感じていました。実は、私が初めて一般で出した本（『神さまのビオトープ』）は、初めて女性を主人公にして書いた作品なんです。一人称で「わたし」と書いた時、それだけですっごく嬉しかったし楽しかったんです。

分かり合えないことを理解して分かり合うための努力をする

凪良　ヤマシタさんも女の子を描くのが楽しいんだろうなっていうのは、一般で発表された作品を通して伝わってきました。『HER』も『ドントクライ、ガール♥』も大好き。『違国日記』は、女の人ふたりの話ですよね。三十五歳の女性と姪っ子である十五歳の女の子が一緒に暮らすことになるんだけれども、全然ベタベタしていない。お互いの立場であるとか考え方を尊重しつつ、違いを認め合いつつ生活を営んでいる。

ヤマシタ　家族以外の他人と一緒に暮らすとか、それこそ恋愛するとかって、現実では面倒臭いしやる気も起きないんです。「人間のことそんなに好きじゃないなぁ」と思っている（笑）。そういった人間関係を私自身が現実で率先して結んだり営んだりする気はないんですけど、それを他人がやっているのを見るのはすごく好きなんですよ。

凪良　私が一般小説を書くうえで一貫しているのは、「個人と個人は違うということを認め合ったうえで、分かり合えないことを分かったうえで、でも分かり合うための努力をしよう」というスタンスなんです。『違国日記』にも、同じスタンスが強く出ているシーンがたくさんあるなって感じています。「ここは私の領域だから、ここから先は入ってこないで」って部分はちゃんとありつつ、決して投げ出してはいないんですよね。分かり合えるように、ちゃんと努力しているんです。

ヤマシタ　凪良さんがおっしゃったことを描きたいと思ってずっとやってきたので、嬉しいです。「分かり合える」と当たり前のように思っている人に、私は恐怖するんです。「あなたが分かり合ったと思っているその関係や感情は、支配じゃない？」とか。それはBLとか恋愛ものを描いてる時でもそうですけど、あなたと私にはお互いどうしたって譲り合えない、分かり合えない部分がある。それでも繋がりたいという思いであったり、感情と感情が奇跡的に交差する瞬間が、物語のカタルシスになると思っているんです。

凪良　一回繋がったと思うと、ずっとその後も繋がりっ放しだと思ってる人はたまにいるんですけど、それは一瞬の幻想ですよね。

ヤマシタ　そんなに単純じゃない。

凪良　でも、だからこそ逆に、繋がる一瞬は貴重だと感じることができる。その一瞬を、小説の中で書き続けていきたいと今お話を伺いながら改めて思いました。今日はお会いできて本当に嬉しかったです。

ヤマシタ　私も凪良さんの本、いっぱい読みたくなりました。これからゆっくり楽しませていただきます。

凪良　ありがとうございます！

初出　「ダ・ヴィンチ」二〇二一年五月号

ヤマシタトモコさんの本

『違国日記』（全11巻）

分かり合えない。それでも繋がっていたい

高代槙生（35）は姉夫婦の葬式で遺児の朝（15）が親戚間をたらい回しにされているのを見逃せず、勢いで引き取ることに。しかし姪を連れ帰ったものの、翌日には我に返り、持ち前の人見知りが発動。槙生は、誰かと暮らすのに不向きな自分の性格を忘れていた……。引き取られた朝は、〝大人らしくない大人〟槙生との暮らしを物珍しくも素直に受け止めていて――？　2024年、新垣結衣さん主演で実写映画化も決定。

祥伝社 FEEL COMICS

担当編集者座談会

編集者だけが知っている、

凪良ゆうの魅力と素顔

取材・文　中央公論新社

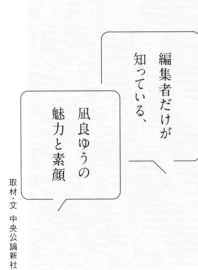

「小説のテーマを決める時は担当編集者のカラーを見る」とインタビューで語っている凪良さん。では、バラエティに富んだ作品の元となったアイデアを引き出した担当編集者たちは、実際のところどんな人間なのか？　歴代作品の誕生秘話とともに、編集者だけが知っている凪良さんの素顔について語り尽くします。

✶ 登場編集者紹介

ポ　ポプラ社、『わたしの美しい庭』担当編集。本作りに詳しく、担当作の装幀にファンが多い。凪良さん担当一の酒豪。

東　東京創元社、『流浪の月』文庫版担当編集。文庫化からの担当なので、気持ちとしてはいちばん後輩。この日は、なぜか汗だくの状態で現場に現れた。

徳　徳間書店、「美しい彼」シリーズをはじめＢＬ作品を多数担当。「キャラ文庫」編集長を務める。この中で唯一の女性編集者。

講　講談社、『汝、星のごとく』『星を編む』担当編集。「小説現代」編集長を務める。ロマンチックおじさんとして有名。

中　中央公論新社、『滅びの前のシャングリラ』担当編集。いつも何かしらのハプニングを引き起こす。

凪良さんとの初対面

中　すでに気心の知れたメンバーなので、かしこまらずにお話ができたらと思います。そもそも、みなさんはどういうきっかけで凪良さんとお仕事をするようになったんですか？　一番担当歴が長いのは徳間さんですが……。

徳　凪良さんがデビュー版元で何作か出されたころ、ＢＬ業界では「幅広い作風で小説が書ける力のある新人さんがいる」と評判になっていました。それで読んでみたら想像以上の力量で、すぐに執筆依頼のメールを出しました。凪良さんとのお仕事自体は二〇一〇年からはじめていたんですが、ＢＬジャンルでは基本的に対面で打ち合わせをすることが少ないんです。一二年に『天涯行き』を刊行した時にサイン会を企画しまして、お目にかかったのはその時が初めてです。確か東京のホテルのロビーだったかな。次に長いのは講談社さんですか？

講　いえ、一七年四月に弊社から講談社タイガというレーベルの文庫書き下ろしとして『神さまのビオトープ』が出たんですけど、当時は別の者が担当していました。一九年に同作を仕掛け直そう、という動きがあり、その際に編集長として凪良さんとお目にかかったのが最初でした。紀伊國屋書店梅田本店さんの前で待ち合わせをしたのを覚えています。僕は当時、編集長業務に追われていて、立ったまま片手でiPadを打ちながら待機していました。凪良さんから「講談社さんですか？」と声をかけてもらった時に「すみません、ちょっとだけ待ってもらっていいですか！」と目の前でメールを返信してからご挨拶したことを覚えています。「この人どんだけ忙しいねん」って思われていたと後から聞きました。今思うと失礼すぎますよね……。

ポ　僕と、東京創元さんの前任の方と、中公さんがだいたい同じぐらいですよね。三人とも『神さまのビオトープ』を読んで執筆依頼に行ったと聞いています。僕の初対面の時は、たしか一七年の夏ごろに京都のホテルのレストランでちょっといいランチをしました。僕の担当作家さんはお酒を飲まない方が多いんですけれど、凪良さんはお好きだと聞いたので「よっしゃあ！　じゃあご一緒します！」とお昼からシャンパンを飲んだことを覚えています。

東　弊社の前担当はポプラさんのすぐあと、同じように京都で会ったと聞いています。私自身は『流浪の月』文庫化からの担当で、凪良さんとの初対面は二〇二一年と、みなさんより遅いです。映画『流浪の月』の撮影見学で、長野のホテルのロビーでお目にかかりました。

ポ　編集者って、作家とホテルで打ち合わせしがちですよね。

東　遠方だと地理に明るくないですし、喫茶店やレストランの場所もわからないから、ホテルのラウンジの方が安心します。

中　僕はポプラさん、東京創元さんの数ヶ月後にお目にかかりました。京都のホテルで（笑）。ただ、ラウンジで打ち合わせをしようと思っていたら満席で、喫茶店を探して駅の地下街を歩いたのですが、三軒ぐらい連続で席が空いていなくて全然打ち合わせが始まらず……。

徳　初対面からなかなかのハプニングを引き起こしてますね。

なぜ執筆依頼に至ったのか

講　そういえば、みなさんはどうして『神さまのビオトープ』を手に取ってくれたんですか？　当時はまだ、文芸ジャンルで凪良さんが注目される前だったと思います。

ポ　僕は書店の店頭で目を引かれて、手に取ったんだと思います。読んでみたら「僕の言いたかったことを言葉にしてくれている！」という感覚があって、すぐに連絡をしました。

中　僕は、仲の良い講談社の編集者さんが飲み会で勧めてくれたのがきっかけでした。びっくりするほど面白くて、執筆依頼したいと当時の上司に『ビオトープ』を渡して相談しました。彼はあらゆる作家さんのブレイクを勘で当てる謎の神通力を持っていたのですが、渡して一日で読み終えて「すぐに会いに行け」と言われたことを覚えています。

東　私は『ビオトープ』が発売された直後、お昼頃に前担当から電話がかかってきて。新刊の話題のなかで「君、『神さまのビオトープ』はノーマークでしょ」と言われました。昼休み前だったこともあり、急いで職場ちかくの書店で買って読んだら面白くて、こんな作家さんがいるなんて、と驚きました。同時に、先に見つけた人のいることが、少し悔しくもあり……（笑）。その後しばらくは読者として新刊を読んでいました。

ポ　でも、読み終わったら誰かにしゃべりたくなる気持ちはとっても分かります。僕も読んですぐ知り合いの編集さんにメールしました。

東　以前から凪良さんを応援している書店員さんもおっしゃっていましたが、読者だけでなく編集者も書店員も、みんな不思議と「私が見つけた」ような感覚を持っていますよね。今やたくさんの人に読まれている作家なのに、それでも「見つけた」と感じるのは、それぞれ自分だけが知っている凪良さんの小説の良さを見つけられているのかなと思います。

講　「私のために書いてくれた」という感想をよくいただきますよね。それこそ今（二三年十二月初旬）、梅田本店さんでは『ビオトープ』の売り上げがついに累計二千冊を突破したのですが、きっと、それぞれが「自分だけの大切な凪良作品」と感じてくれているのかと。

徳　すごい。ひとつの店舗だけで重版できる売れ行きですね。

『汝、星のごとく』の別タイトル案

中　担当編集者のカラーが作品に出ると凪良さんはよくインタビューで答えられていますよね。それぞれの作品に、ご自身のカラーがどのように出ていると思いますか？

東　私は文庫化からの担当なので、各社の担当さんがどのように凪良さんの作品に係わっているのか気になります。このなかでいちばん著作が刊行されている版元の徳間さんは、ファンの方々からしたらもはや崇《あが》められていても……。

徳　そんなことないですよ（笑）！　ただ、『美しい彼』の時は「傲慢執着攻めと美形の受けの話が書きたいです」と聞いて、「面白そう！」と思ったことは覚えています。実際できたのが、あの『気持ち悪い』攻めで、「こうきたか……！」と。

東　ＢＬは主となる登場人物の関係性から小説の構想が始まるんですね。

徳　そういうケースが多いですね。『美しい彼』だけでなく、ほかのどの作品にも言えることかもしれません。

ポ　それを言うと『汝、星のごとく』はどうですか。暁海《あきみ》と櫂《かい》の関係性から構想が始まったんですか？

講　あの時は凪良さんから「そもそも男女の恋愛を真っ向から書いたことがない。長いスパンの恋愛と人生の物語を書きたい」と聞いたのがきっかけでした。それで一緒に飲んでいる時に、僕が昔の恋人の話をしたんです。

中　さすがロマンチックおじさん日本代表……。

講　酔っ払っていたんでしょうかね（笑）。十代のころの恋人と今でもたまに連絡を取る、という話とか。凪良さんから「なんで今でも連絡を取るんですか？」とか「あなたの人生においてそんなに大事な人なんですか？」とか質問を受けているうちに、『汝、星のごとく』の原型のようなものが立ち上がってきたような気がします。

東　『汝、星のごとく』というタイトルには、別案もあったとうかがっています。

講　『レッドドレス』と『汝、星のごとく』の二択でした。凪良さんから担当のみなさんにもアンケートを取ったんですよね。僕はロマンチックなお話にしたかったので、最初から『汝』派だったのですが。

ポ　男性編集者は全員『汝』がいいって言ったらしいですよ。

徳　私だけ『レッドドレス』派でした！

中　確か『レッドドレス』にはタイトルの理由をつけられていたのですけど、『汝、星のごとく』は「ただ私が気に入っているだけのフレーズです」と。

東　『汝、星のごとく』は佐藤春夫の「夕づつを見て」という詩の一節でもありますが、内容をほとんど知らないままタイトルだけ教えてもらった時、ここからどのような物語がひろがるのだろうという期待が高まりました。『レッドドレス』になっていたら、また違う物語になっていたかもしれませんね。タイトルが与える磁場のようなものもありますから。

「白凪良」か「黒凪良」か

徳　ポプラさんは最初から「優しい物語で」とお願いしていたんですよね。

ポ　作家さんのどの要素をすくいとるのかを考えるのが編集者の大事な仕事だと思うんですけれど、僕はBLの「白凪良作品」「黒凪良作品」を両方読んだ結果、「凪良さんはすごく優しい人なんだな」と感じたんです。そこをすくいとった「究極の白凪良作品」をつくりたいという思いがありました。それでできたのが『わたしの美しい庭』なんですけれど、最初は縁切り神社の設定がなかったんですよね。

徳　え、なかったんですか。

ポ　最初はマンションしかなくて。凪良さん作品の入門書としてはもう少しフックがほしいと相談したら、すぐに縁切り神社のアイデアが出てきて、さすがでした。おかげさまで装幀のイメージもしやすくなりました。

東　カバーだけで何種類もつくられていましたよね。

ポ　単行本はタイトルの箔押しを色違いで四種類、文庫はカバーイラストを通常版と春夏秋冬違いで五種類……。『わた庭』でないとできないことだったと思います。

講　対して『滅びの前のシャングリラ』は、「黒凪良」方向ですか。編集者のカラーが特に強く出たと凪良さんもインタビューで発言されてましたね。

中　はい。それでなのか、ＳＮＳで読者の方が『シャングリラ』の担当編集者はヤバい奴なんじゃないか」と書いているのを見たことがあります……。（笑）

講　中公の編集者はえげつない話を求めてるんだ！　って。

中　初めてお会いした時に『ディストラクション・ベイビーズ』という映画が面白かったとお話ししたんですよね。主人公がとんでもない暴れん坊で、通行人をひたすら殴りつける映画で……。そのあらすじを説明したら「こんなアイデアがあるんです」と出していただいたのが『シャングリラ』の原型でした。地球滅亡をテーマにしたお話はいつか書きたいと思っていたそうなのですが、「この人だったら楽しんでもらえるかも」と思ってくれたのかもしれません。

講　最初の頃は『流浪の月』があっという間に高く評価されたので、「『わたしの美しい庭』は優しすぎる」「『滅びの前のシャングリラ』は激しすぎる」なんて比較される方もいたように思います。最近は読者のみなさんも白・黒だけじゃなくて、たとえば赤・青・黄色、虹色だとしても全部含めて凪良さんだと分かってきてくれた印象です。「私は『流浪』が好き」「私は『わた庭』」「僕は『シャングリラ』」「いやいや『美彼』民ですけど？」って。

ポ　僕も「凪良さんにもっと自由に書いてもらったほうが良かったんじゃないか」と自問自答することはありました。でも最近はそういう反応を見て、『わた庭』で真っ白な凪良さん作品を出すことができて良かったと思えています。

中　うちの新入社員を凪良さんに紹介した時「『シャングリラ』も好きなんですけど、『わた庭』が最高です！」と元気よく言っていましたよ。僕がいる前で。

ポ　先輩にも気を遣ってあげて！

ジャンルとジャンルを繋ぐ橋になる

東　編集者のみなさんが凪良さんの作品が好きで、ひとりでも多くの読者に届けたいと心から思っていることを改めて実感しました。Ｘ（旧Twitter）では「チーム凪良ゆう」という、各社横断で管理・更新しているアカウントもあります。

中　ポプラさんが作ってくれたんでしたね。

ポ　はい。スタートは『わたしの美しい庭』を準備しているときで、次の作品にみんなで繋げたい気持ちがありました。

東　珍しいことですよね。すでにベストセラーを出している作家ではなく、これから文芸で書いていく作家を盛り上げていこう——その時に出版社の垣根を越えていたことが当時新鮮でした。出版社同士の結束がひろがっていくように書店さんも一丸となっていく様子が、なにか今までと違うことが起きそうだと思いながら見ていました。

講　こういう言い方が正しいかは分からないのですが、かつては今よりもＢＬと文芸との間に川が流れているように感じていました。凪良さんは今や川を越えて、ファンの方が両方読んでくれていますよね。

徳　ご本人が「別ジャンルだと思って書いていない」と公言してくれていますからね。そこで『美しい彼』がヒットしてくれたこともあり、その間に橋を渡すことができたのかなと思います。

東　私は凪良さんの小説を読むようになって、初めてＢＬ小説を手に取るようになりました。以前の凪良作品を読むと、ただ面白いだけではなくて、いま書いている作品の萌芽も見える時があって興味深いです。もちろん展開や辿り着く答えは違うのですが、通して読んでいると一本の芯が通っている。凪良さんは、ずっと普遍的なテーマを持っていて、そのアプローチがＢＬか文芸かで異なるだけなのだと感じました。

講　凪良さんの持つ普遍的な関係性やテーマ性は、男性同士でも男女でも、あるいは他のセクシュアルマイノリティの人でも変わらない。大本は「白凪良」も「黒凪良」もなくて、様々な色を取り込んだ、一色。だから作品が太い骨に支えられて、ブレたことがないんですよね。

文学賞の「待ち会」とは？

中　みなさん凪良さんとはいろいろな思い出があったと思います。いいものも悪いものも……。

講　中公さんはハプニング王だもんね。（笑）

中　僕は凪良さんが山田風太郎賞候補になった時と直木賞の候補になった時の待ち会（文学賞の結果発表を作家と担当編集者が集まって待機する会）を、両方とも体調不良で欠席しました。凪良さんが正念場を迎えると、なぜかいつも僕が発熱します。

ポ　中公さんからケーキだけ贈られてきて、みんなで食べましたよね。

中　しかもその日、凪良さんの帰りの新幹線のきっぷを、間違えて時間変更できないものを手配してしまっていて。凪良さんを遅くまで駅にお待たせしてしまったんですよね。ああ、この中で僕が一番やらかしてますね。

東　オチみたいな話を先にされると、後が困る……。（汗）

講　待ち会の話で言うと『汝、星のごとく』で「キノベス！２０２３」授賞式翌日、吉川英治文学新人賞落選、からのさらに翌日、本屋大賞受賞の連絡、という流れがありましたね。感情の振幅を線グラフで表したら、とんでもなく乱高下してたと思います。しんどかった……！

ポ　あの時はすごかった。でも待ち会、講談社さんと凪良さんは悔しかったと思いますけれど、僕らは楽しかったですよ。

徳　ＢＬジャンルには待ち会が存在しないので、初めて参加した時に「これが噂の！」と楽しい気分でした。凪良さんが文芸ジャンルに挑戦する時に、半分冗談で、「そういう機会が来たら私も混ぜてください」と言っていたのですが、そこから二年あまりで実現するとは。

東　『流浪の月』は吉川英治文学新人賞の候補に

なったものの時期的に待ち会は開催できなかったのですが、それではじめての待ち会が『わたしの美しい庭』で、山田風太郎賞の候補になるとは。
ポ 全然山田風太郎っぽくない作品ですからね。いまだに僕は『滅びの前のシャングリラ』のほうが山田風太郎っぽいと思っているのですが……。
中 実は僕もそう思ってます。ノミネートされなかったけど……！

進化する凪良ゆうのテクノロジー

東 自分しか知らない凪良さんの素顔って、みなさん何かありますか？　講談社さんは『汝、星のごとく』発売の時に凪良さんと全国を旅されていたので、意外な一面も見ているのではないでしょうか。
講 全国百ヶ所以上の書店さんにうかがいました。そうそう、凪良さんってもともとデジタルに弱い方ですよね。カーナビが見られなかったり、地図アプリとかスマホの機能もうまく使えなかったり。「このままでは令和の荒波を渡っていけないのでは⁉」と心配して、いろいろお教えしました。まず仕事に必要な、ＰＤＦとか、クラウドサービスとか。あと新幹線のエクスプレス予約とか。（笑）
中 そういうことでしたか！　この間、ゲラを送ろうとした時に、今まで紙でやりとりしていたのに突然「フラット化していないＰＤＦで送ってください」とご希望があって。でも、僕の方が「フラット化」が何か分からなくてオーダーに応えられませんでした。
徳 私もびっくりしました。写真をクラウドサービスで送ってもらって、見方が分からなくて凪良さんに教えてもらったことがあります。
ポ 編集者もデジタル音痴ばかりでしたね。凪良さんは「東京の地理が分からなさすぎる」と言っていたので毎回お迎えに行っていましたが、最近はどこにでもお一人で行けるようになりましたよね。
東 それはすごい。私なんか乗換案内さえ見間違えて遅刻しそうになるのに……今日もやらかして、

ひさしぶりに全力疾走しました。（汗）

講　だからそんなにびしょびしょだったのか。さすがに汗かきすぎじゃない？　あと、編集者の方がDXできてなくてどうするのさ。（笑）

中　記事にする時は東京創元さんの発言のあとに（汗）ってつけるようにします。

徳　原稿のやりとりするとき、Wordで注釈とか校閲記録をつけてくれるのは有難いんですよね。

東　へえ……。

中　すごいなあ……。

ポ　この中で一番若いの、そこの二人ですよね？

講　あと、スマホの決済アプリのやり方も教えましたね。使い始めたころに、タクシーに同乗していて、凪良さんがお支払いをしてくれることがありました。タクシー料金を払う時に、運転手さんが「ここにタッチしてください」と端末を出したら、凪良さんはそこをポンッて手で触ったんですよね。

東　「お手」みたい。（笑）

徳　ちょっとかわいいな……。

凪良さんへのメッセージ

中　最後にこの場を借りて、凪良さんにメッセージを伝えられたらと思います。

東　何度も言っていますが、私は『流浪の月』文庫化からの担当なので、一から携わったことがありません。今日みなさんのお話を聞いて、凪良さんの作品ができるお手伝いをしたい、一緒に本をつくりたいと、改めて強く思いました。その時は、凪良さんのまた違う魅力が伝わるような本をつくれたらと思っています。

講　インタビューで凪良さんは、今後の目標を聞かれると、「小説を書くのが好きだから、ずっと書き続けていたい」といつも答えられています。この回答が僕は本当に好きなんです。売れっ子作家になってもずっと変わらない。小説に対する愛情は本物ですよね。そんな凪良さんと、この先も伴走者として走り続けたいです。

徳　凪良さんの担当をさせてもらって、予想外の景色をいっぱい見せてもらいました。自分の担当作が劇場の一番大きなスクリーンで、満員のお客様の中で上映されるなんてはじめての経験でした。『美しい彼』の四巻を二四年度に出してくださると、断言してくださっているので……！　その原稿を楽しみにしています！

ポ　僕は担当編集でありつつ、凪良さんの作品とお人柄の大ファンでもあります。だからこそほかの担当者さんとつくった作品を心から楽しみにしているということが一番です。でも、担当編集としても改めて新作をもらえる時を、首を長くしてお待ちしています！

中　こんなハプニングメーカーと一緒に作品をつくってくださって、本当に有難く思っています。凪良さんには作品の幅広さを持って、ジャンルの垣根や文学賞のイメージなど、あらゆる既存の価値観を、良い意味で壊していってほしいなと思っています。そのために、僕も微力ながらお力添えをしたいので、まずは次の原稿をよろしくお願いします！

東　メッセージと言いながら、みんなでプレッシャーをかける会になってしまいましたね。（笑）

二〇二三年十二月　中央公論新社にて

登場した
編集者たちが
担当した本

上段左から『滅びの前のシャングリラ』中央公論新社　『汝、星のごとく』講談社
下段左から『わたしの美しい庭』ポプラ社　『美しい彼』徳間書店　『流浪の月』東京創元社

対談

町田そのこ × 凪良ゆう

本屋さんと私たち

Interview

Machida Sonoko × Nagira Yuu

取材・文　吉田大助

二〇二〇年に『流浪の月』、二三年に『汝、星のごとく』で本屋大賞を受賞した凪良ゆうさんと、同じく二一年『52ヘルツのクジラたち』で受賞し、二二年に『星を掬う』、二三年にも『宙《そら》ごはん』がノミネートとなった町田そのこさん。お互いの作品を読み合い、以前から親交のある盟友同士が、本屋大賞と本屋さんの魅力についてたっぷり語り合いました。

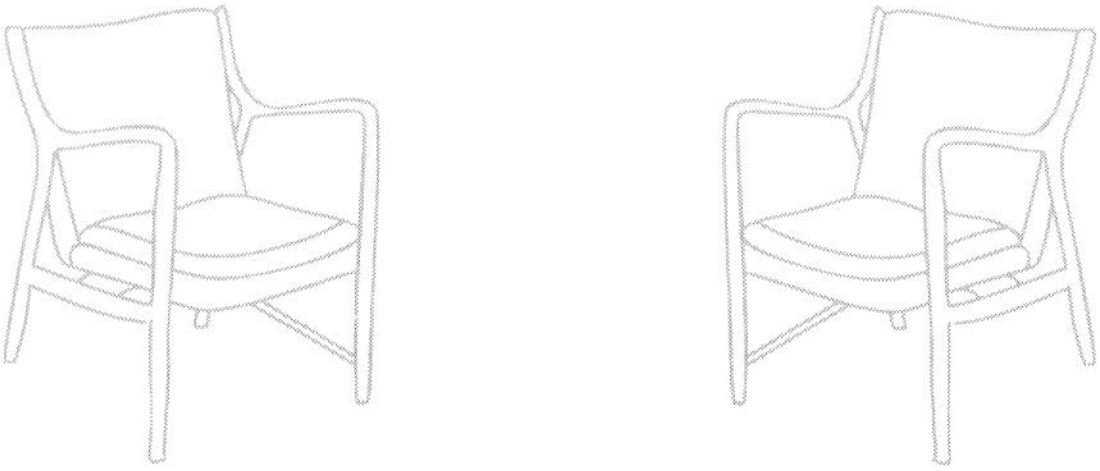

町田そのこ（まちだ・そのこ）

1980年生まれ。福岡県在住。2016年「カメルーンの青い魚」で「女による女のためのR-18文学賞」大賞を受賞。17年に同作を含む『夜空に泳ぐチョコレートグラミー』でデビュー。21年『52ヘルツのクジラたち』で本屋大賞を受賞。近著に『星を掬う』『宙ごはん』『あなたはここにいなくとも』『夜明けのはざま』などがある。

最初のノミネートは嬉しい、だけだった

──「二〇二三年本屋大賞」のノミネート作が発表された際、お二人とも「嬉しい以外の言葉がない」という趣旨のツイートをされていました。発表からしばらく経ちましたが、少し詳しい心情をお伺いできますか。

町田　ノミネートが決まった時は、『宙ごはん』を一緒に作り上げてきた担当編集さんの顔が一番に浮かびましたし、書店員さんたちの「町田さんまた入った！」と喜んでくださる顔が想像できました。今回が三回目のノミネートなので、「町田、まだまだ頑張れよ」というみなさんの応援だとも感じられたんです。それが嬉しくて励みにもなりましたし、いい意味でのプレッシャーにもなりました。

凪良　私も今回が三回目のノミネートなんですが、町田さんと同じく一度大賞をいただいた身の上としては、再度ノミネートしていただけること自体がとてつもなくありがたいし嬉しいことだなと思っています。特に今回は、「もうノミネートされないだろうな」とい

う恐怖やプレッシャーが正直あったんですよね。支えてくださっている書店員さんや周りの方たちに報いたい思いが強くなりすぎてしまった。「きっとノミネートされますよ」って励ましてくださるみなさんの言葉が嬉しいのと同時に、入らなかったらがっかりさせちゃう、という気持ちになっていました（苦笑）。だから、ホッとした感覚も大きかったんです。最初のノミネートの時は、そんなこと全く思わなかったんですよ。もっと単純に「あーーーー！」って感じだったんです。

町田　分かります。私も最初のノミネートの時は、ただただ「あーーー嬉しい‼」だけでした。（笑）

凪良　それまで私はずっとボーイズラブの世界で活動していて、『流浪の月』が初めての単行本でした。文芸の世界の常識もほとんどない状態でノミネートしていただいて、「すごいね、良かったね」と言ってくださるみなさんと一緒に喜んでいるうちに、なんと受賞に至ってしまった。初めての時って、分からないことのほうが多いじゃないですか。だからただ嬉しい気持ちだけでいられたのかな、と。

町田　一回目の本屋大賞の時のことを振り返ってみると、周りの人が「緊張しなくていいよ、楽しんでいいんだよ」と言って守ってくれていた気もします。でも、今の自分は受賞の意味を知ってしまっている。（笑）

凪良　そうなんです（笑）。先日、『汝、星のごとく』が直木賞にノミネートされたんですけれど……。

町田　めちゃめちゃ応援してました！

凪良　ありがとうございます！　直木賞のノミネートは一回目の本屋大賞の時とほぼ同じ感覚で、候補に入れていただいただけで満足だし、受賞発表まで気楽に楽しんで待つことができました。でも今回の本屋大賞は、ノミネートが決まる前からずっとザワザワしています（笑）。それは決して悪いことではなくて、賞の大きさやノミネートから受賞に至るプロセスをきちんと理解して、一つ一つの出来事を噛み締めることができているってことでもある。だから、今回はめいっぱい楽しみたいなと思っています。

「推し」が受賞したら授賞式で何をする？

――ノミネートされた十作の中で、お二人の作品は新しい家族の形、「普通」を疑い拡張するような家族像を描いている点が共通しているように感じました。今という時代を見渡した時にそのモチーフを焦点化したいと思われたのか、それとも作家として書き継いできた道のりの中から現れたものなのでしょうか。

凪良 今の時代の空気感であるとか、問題になっていることを完全にスルーして物語を紡ぐことは難しいんですよね。『汝、星のごとく』は高校生の男女が出会って長い時間が流れていく話を書いていったものなので、今を生きている若い人たちの人生を描いていくうちに、既成の家族像とは違うものが自然と生まれたのだと思います。例えば、助け合って自分たちが生きやすくなるために結婚する「互助会結婚」という言葉も、特に悩まず自分の中からするっと出てきたものでした。昔は日本でもお見合い結婚が多かったですし、恋愛感情からではなく結婚する夫婦がいてもいい。同性同士のカップルが結婚という制度を利用できないのはおかしい、と思っている人のほうが今は多いですよね。恋愛にせよ結婚にせよ家族にせよ、もっと自由でいいと思っている人が大多数なのに、政治家だけが許してないって気がします。

町田 『汝、星のごとく』は本当に痺《しび》れましたよ。同じ作家として「すごすぎる……」って脱力しかけたんですが、読者としてこのすごさを誰かに伝えなきゃみたいな使命感が湧き上がってきて、せっせと口コミに励みました（笑）。「私もそういう衝動を読者に与える物語を書きたい」と思うんですけど、なかなかそこまでは……。

凪良　『宙ごはん』もたまらなかったです！　宙ちゃんもお母さんの花野《かの》さんも、みんながそれぞれの人生をバラバラに生きていて、でもちゃんと家族なんですよね。

町田　私はデビュー作の時から、集団の中でどう自分が息をしやすく生きていくかっていうところに意識が向きがちというか、気になっていて。その自分なりの答えを探すために、ずっと物語を書き続けてきたと思っています。今回の『宙ごはん』では、家族というコミュニティのあり方や、その中での母と娘のあり方に注力して書いていったんですね。それを書き上げた時に、自分なりの答えをやっと見つけられた感覚があったんです。新しい家族の作り方や、集団の中での生き方、呼吸の仕方。デビュー作から書いていたことが、もしかしたらここで一度書き切れたんじゃないかなというふうに感じられた。次からはこれまでの枠から飛び出て、挑戦できていなかったジャンルとか、私には無理でしょうって腰が引けていた題材に取り組んでいきたいなと思っているところなんです。

凪良　町田さんは次にどんなものを書くんだろう。ものすごく楽しみ。

町田　ありがとうございます。どんなものが書けるんですかねぇ。今まさに模索中なんですけど、昨年ちょっとしたミスで尻の骨を折ってから全然筆が進みません。

凪良　噂で聞いています（笑）。お尻、お大事にしてください。

――お話を伺っていると……本屋大賞で大賞を争うという意味ではライバル同士だと思うのですが、同志という感じなんでしょうか?

町田　凪良さんがまさにそうなんですが、私にとっては同志というより「推し」って感じです。今回の本屋大賞も「推し」がずらっと並んでいる中に、なんでか私もいるぞ、みたいな(笑)。「推し」が受賞したら、授賞式で紙吹雪を撒きたいですね。

凪良　私も大好きな作家さんがたくさんノミネートされているので、その方が受賞となったらすごく喜ぶと思うんです。でも、私は「推し」に近づくのは怖いほうなので、遠くからジトーッと見ていると思います。(笑)

町田　一緒に撒きましょうよ!

何気なく手に取った本にも本屋さんからのサインが

――本屋大賞を受賞したことで、作家としてどんな変化がありましたか?

町田　私の場合、デビューして最初の数年はファンレターをもらうこともなければ、ネットにレビューが一個でも付いたらスクショして大事に取っておく、という感じだったんです。読者という存在は本当にいるものなのか、私にはほとんど顔が見えなかった。本屋大賞を受賞したことで、まず書店員さんという読者の顔が見えて、私の本を好きでいてくれる人たちが他にもいっぱいいるんだって実感できたんです。その人たちが、がっかりしないものを書きたい。創作に向き合う時の姿勢に変化があって、すごく背筋が伸びたなと思います。ただ、書く内容そのものはあまり変わってないんですよね。

凪良　私も書く内容にほぼほぼ変化はなかったんですが、版元さんの努力とか、応援してくれる書店員さんの存在であるとか、読者さんとか。自分の出す本に関わる人々の輪郭《りんかく》が、すごく濃くなったように感じています。

町田　本屋大賞を受賞すると、日本全国の書店員さんたちから副賞みたいな感じで、手作りのポップをたくさんいただけるんです。それを一つ一つ読んでいった時に、作品に対してこんなに情熱がある人たちが推してくれたんだと実感できましたし、ポップでお客さんの目を引いてちょっと本を手に取ってみようと思わせる、技術の高さを知りました。私が書いた本なんですけど、めちゃめちゃ面白そうだったんですよ（笑）。ポップを見る目が変わりましたね。

凪良　私も、以前よりもものすごく注意してポップを見るようになりました。ただ、はっきり意識しているかいないかだけで、確実に目には入っていたと思うんですよ。特に私が若かった時って、インターネットも発達していなかったし本を紹介する小説誌を読む習慣もなかったから、本との出会いの場所は本屋さんだったはずなんです。私が尊敬している天上人のような作家さん、山本文緒《やまもとふみお》さんや江國香織《えくにかおり》さんの本とも、本屋さんで出会ったはず。じゃあどうしてその本を手に取ったのかというと、熱のこもったポップがあったり、目立つところに置いてあったりとか、お客さんたちに訴えかける何かがあったと思うんですよね。自分としては何気なく手に取ったと思っていたけれど、そこには本屋さんからのサインがあった。そのおかげで、一生追いかけたくなるような作家さんと出会うことができた。考えれば考えるほど、すごいことだなと思うんです。

町田　その瞬間が見てみたいですね。

凪良　そうなんです！　どうやって若い頃の私に初めて山本さんの本を手に取らせたんだろう、江國さんと初めて出会わせてくれた本屋さんはどんな仕掛けをしてくださったんだろうって、タイムマシンに乗って見に行きたいですね。そういう出会いが日々本屋さんで起こっているんだなと思うと、書店員さんたちへの尊敬と感謝の気持ちが止まらなくなりますね。

町田　自分が選び取ったつもりでいたけれども、選ばされていたっていうのはその通りだなと思いましたね。私は凪良さんの話を聞くまでは、自分のセンスの良さだわ、みたいなふうにちょっと思っていたんですけど……。

一同　（笑）

町田　ポップなどをサラッと見て手に取ったはずなのに、「私、めっちゃセンスあんじゃん！」って自分の手柄にしていたなと気付きました。

凪良　その感覚は、あるあるです。（笑）

立ち読みの魅力と書店員さんの個性

――本屋さんにはどんな思い出がありますか？

町田　うちは田舎《いなか》だったので、近所に書店がなかったんです。子どもの頃は隣町の書店まで親に連れて行ってもらって、『りぼん』とか『なかよし』を買うのが楽しみでした。書店って、憧れの場所だったんです。

凪良　私はちっちゃい頃、本屋さんがすぐ近所にあったんです。

町田　うらやましい！

凪良　漫画の棚が三つぐらいしかない、ちっちゃい町の本屋さんです。大人が立ち読みしているると、おじさんが掃除に来たりして追い出されるんですけど、子どもが立ち読みしているぶんには何も言わずにいてくれるんです。お小遣いが入ると一冊ずつ買いに行くという感じで、三つある棚の本は全部読んじゃったのを覚えています。そこからもう一周、みたいな（笑）。私は鍵っ子だったので、学校から帰っても家に誰もいなかったんです。本も好きだったし、誰かがいるところに行きたかったのかもしれない。子どもにとっての避難場所みたいなもので、本屋さんにはむっちゃ助けてもらいました。

町田　私は車の免許を取ってから、書店がぐっと身近になりました。それまでは大人に連れて行ってもらって、大人の采配《さいはい》で「はい、もう帰るよ」という感じだったのが、好きなタイミングで行けるし好きなだけそこにいられる。よく覚えているのは二十歳ぐらいの時、『デルフィニア戦記』（茅田砂胡《かやたすなこ》）という本にハマッたんです。シリーズもので、わりと冊数があるんですよ。私は当時お金がなくて、日中に車で書店へ行って二冊だけ買ったんですけれど、家に帰って読んでいたら我慢できなくなくて、その日のうちに家中のお金かき集め

てまた買いに行って。（笑）

凪良　本をいっぱい買えた時って、大人になったなぁって感じがしましたよね。それこそ「大人買い」って、夢でした。

町田　夢でしたよ。初めて書店で紙袋を出された時には、知恵熱が出た気がしましたね。「ビニール袋だと破けちゃうぐらい買ったの⁉　大人になったなあ、私」とうほうほしながら帰りました。

――作家になってから、本屋さんとの関係は変わりましたか？

町田　懺悔《ざんげ》したいことがありまして……。デビュー作の単行本が出た時、地元の一番大きい書店で一冊だけ棚差しになっていたんです。その一冊を棚から取り出して、新刊スペースに積んである町田康《まちだこう》さんの単行本の上にのせて帰ったことがあります。すみません！

凪良　書店さんが苦労して考えた並びを崩すという。いけませんね。（笑）

町田　本当にいけませんよね。私、いま思えば相当迷惑だったと思うんです。

凪良　地元の大きな書店さんに自分の本がないと悲しくなっちゃう気持ちは、めちゃくちゃ分かります。一番近くの書店さんに私の本、めっちゃ少ないんですよ。でも町田さんの本はいっぱい展開されているので、「なにくそっ！」と思っているところです。

町田　上に置いてくださって大丈夫ですよ？

一同　（笑）

町田　書店員さんってすごく大変な仕事なんだなと分かるようになったのは、作家になって数年経った後、それこそ本屋大賞に関わるようになってからですね。それからは書店に行ったら、ありがたいって気持ちを感じるようになりました。

凪良　私も同じです。受賞をきっかけに、本屋さんに本が並んでいる、という当たり前の風景の裏側にいろいろな人の存在や思いを感じるようになりました。出版社の営業さんが、本を売るために全国各地を歩き回っていることも知らなかったですし。もしも作家として本屋さんのお話を書くとして、子どもの立場で書くんだったら、昔の私のように避難場所みたいな形で書くと思う。大人の立場で書くとしたら、書店さんとか版元の編集さんとか宣伝さんとかも一緒になって、「戦う場所」として書くような気がしますね。本を売るために戦っている人たちのお話は一度書いてみたいなと思います。あ、そうだ。「小説現代」に書いた『汝、星のごとく』のスピンオフは、作中に出てきた編集者二人の物語なんです。

（現在は単行本『星を編む』に収録）

町田　それ、読みたいです！

——どこそこの本屋さんが閉店した、街から一軒もなくなってしまった……というニュースを目にする機会も最近は多いです。

凪良　この間、悲しいお手紙が届いたという話を編集さんから聞いたんです。小さなお子さんから、「本というものはどこに行ったら買えるんですか」と。本屋さんの数が少なくなっていることもあるのかもしれませんが、ご両親が本を読まない方たちだと、本を買うという習慣がないですよね。子どもは自分だけの力で遠いところに行けないから、ある程度の年齢になるまでリアルで本屋さんを見たことがない、入ったことがない子どもたちもたくさんいるんだろうなと思うと、ハッとしました。

町田　私は冒頭の一ページを読んで、その本を買うかどうか決めることが多いんです。装丁を見て、本の重さを感じながら開いて、最初のページに印刷された文章を読んで「よし、この本は連れて帰ろう」って。それができるのは、書店だけなんですよ。ネット書店では絶対できないんです。

凪良　立ち読み文化は、なくならないでほしいです。最近思うのは、このところ本をあまり読まない子が増えてきたとか小説の売上が減っていると言われているけれど、私が若い頃と比べると、本についての情報を届ける手段が確実に増えている。例えば、Twitter のアカウントを持っている書店員さんがたくさんいらっしゃって、本の感想のつぶやきがポップの機能になって、普段はなかなか本屋さんに足を運べない人たちにも情報を回してくれる。読者さんが本の感想をツイートしてくれたり、TikTok で本を紹介してくださるインフルエンサーの方も増えたりしていて、昔よりも本に出会う機会が多いのは今の方がいいことかなって思います。ＳＮＳで、書店さんや書店員さんが独自で「〇〇賞」と作っているのを見るのも大好きです。

町田　書店員さんって、仕事に限らず本をたくさん読んでいる人たちが多いし、個性的で魅力的な方も多いじゃないですか。その方たちが「一年間本を読んできて、私はこれが面白かった！」と独断で選んだ本は何なのか、私もいつも興味深く見ています。

本屋大賞や自分たちの本が読書の沼の入口になれたら

――全国の書店員さんたちの個性が大集結する場所が、本屋大賞ですね。

凪良　今年で二十年目と聞いて、驚きました。最初は数人の書店員さんたちが手弁当で、持ち寄りで始めたものが、こんなに大きな賞に成長していった。関わったみなさんの努力に頭が下がる思いです。

町田　授賞式の司会進行も全部、書店員さんですもん。会場に行った時、本当に自分たちで運営しているんだってびっくりしました。

凪良　私が受賞した回（二〇二〇年）はコロナ初年度で、一回目の緊急事態宣言と丸被りしてしまったために、授賞式はなく配信で結果が発表されただけでした。受賞の言葉も、ビデオで撮ったものを流してくださっただけだったんです。それがあの当時、実行委員のみなさんにできる精一杯で、とても感謝しています。でも当日は静かに、自分の部屋でやけ酒を飲んでいました……。嬉しかったような悲しかったような、複雑な気持ちでした。

町田　私は次の年の受賞だったんですが、会場はこれまでとは違ったものの授賞式はあったんです。そこでお会いした実行委員の書店員さんが、「いつか凪良さんを会場にお呼びして改めて表彰したいです」と仰るから「私、紙吹雪撒きますよ‼」と話しておきました。

凪良　そんなふうに気にかけていただいていたなんて、嬉しい……。本屋大賞がいいなと思うのは、ノミネートされた十作はジャンルがバラバラで、恋愛があったりミステリーがあったり歴史ものがあったり、異種格闘技戦状態なこと（笑）。十作のうちのどれか一つは必ず、読者さんにとって気にいるものがあるはずです。読者さんとリアルで接する書店員さんたちが作っている賞だから、読書に普段慣れていないとかあまり親しみがない人でも、読みやすいものがノミネート作に選ばれている気がします。「読んで絶対損はさせない」「ちゃんと面白い本を」という基準がブレずにあるような気がして、そこが素敵だなと思っています。

町田　読書の入口になれる十冊が毎年選ばれていると思うんですよ。本を読みたいけど何から読めばいいか分からないとか、最近離れていた読書をもう一回楽しみたいという人は、本屋大賞のノミネート作の中から選ぶといいんじゃないかなと思います。それが自分の一冊だったらもちろんありがたいんですが、他の方の本を読んで「小説ってやっぱり面白い」と思ってもらえたなら万々歳です。

凪良　個人的に自分の作品が「読みやすい」と言われると、「文学的ではない」と言われているような気がしてちょっとコンプレックスでもあるんです。でも、たまに読者さんから「今まで小説をあまり読んだことなかったんですけど、凪良さんの小説は読みやすくて楽しかったので、あれから読書をする機会が増えました」という感想をもらえると、自分がやっていることは間違っていないなと思えます。町田さんがおっしゃられたように、自分の本が読書の入口になるんだとしたらすごく光栄だなと思うんです。

町田　読書の入口になることで十分だと私は思っています。そこからどんどん読書の深みというか、沼に落ちていけばいいなと思うので。

凪良　いきなり深い沼に入ったら危険ですからね（笑）。浅いところから徐々に入っていって、慣らして、ゆっくり潜っていただければと。「小説、面白いな」と思ってもらえたら、それが一番の大勝利なのではないかと思います。

初出　「ＳＴＯＲＹ ＢＯＸ」二〇二三年三月号

町田そのこさんの本

『宙ごはん』

この物語は、あなたの人生を支えてくれる

物心ついた時から育ての「ママ」と一緒に暮らしてきた宙。小学校入学とともに産みの「お母さん」である花野と暮らすことになるが、待っていたのは、ごはんも作らず子どもの世話もしない、授業参観には来ないのに恋人とデートに行く母親との生活だった。代わりに手を差し伸べてくれたのは、商店街のビストロで働く佐伯。ある日、家を飛び出した宙に、佐伯はとっておきのパンケーキを作ってくれ、レシピまで教えてくれた。その日から、宙は教わったレシピをノートに書きとめつづけた。

小学館

対談

榎田尤利 × 凪良ゆう

やっぱり私たちはＢＬが好き

Interview
Eda Yuuri × Nagira Yuu

取材・文　吉田大助

二〇〇七年に初著書となるＢＬ作品を上梓した凪良ゆうさんにとって、榎《え》田《だ》尤《ゆう》利《り》さんは同ジャンルの大先輩。と同時に、ＢＬ（榎田尤利名義）と非ＢＬ（榎田ユウリ名義）を行き来する活動のあり方を示してくれた存在でもあります。そんなお二人ですが、実は初対面・初対談。ＢＬの可能性と未来について、熱く語り合いました。

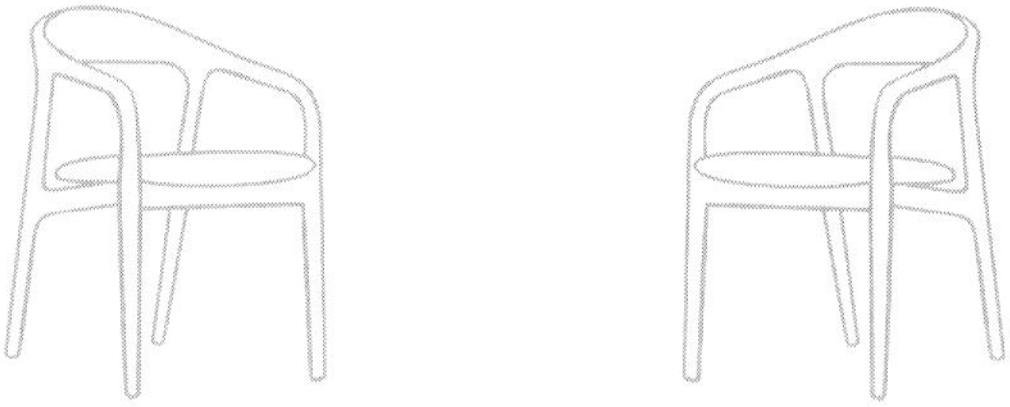

榎田尤利（えだ・ゆうり）

東京都出身。2000年、『夏の塩』でデビュー。以来「魚住くん」シリーズ、「交渉人」シリーズをはじめＢＬ小説を多数刊行。榎田ユウリ名義では「宮廷神官物語」「カブキブ！」「妖琦庵夜話」「死神」各シリーズ、『武士とジェントルマン』『猫とメガネ』など多彩なテーマで執筆している。22年には『先生のおとりよせ』（中村明日美子と共著）、23年に『永遠の昨日』が、それぞれドラマ化され話題となる。

BLと文芸との間に意識の違いはない

凪良　私がBLで初めての本を出したのは二〇〇七年でした。ちょうどその頃だったと思うんですが、榎田さんの「交渉人」シリーズ（〇七年〜一三年）が大ヒットしていたんです。今日までお目にかかる機会はありませんでしたが、ずっと存じ上げていました。

榎田　私もです！　凪良さんがデビューされた頃は書き手がとても充実していて、同時にジャンルの安定感が増したことにより、BLの雰囲気というものが均一化されつつあったように思います。その中でも何人か個性的な方がいて、業界に厚みをもたせてくれていましたよね。凪良さんは、そのお一人でした。「おお、すごい人が出てきたぞ！」と思っていたら、いつの間にかサーッと上の方に行かれたイメージです。

凪良　デビューから数年はくすぶっていたんです（苦笑）。榎田さんはBLのお仕事をしつつ、早くから文芸ジャンルでも書かれていましたよね。私も含めそこを両立させている作家は今でこそ少なくないですが、当時はほとんどいなかった。榎田さんが先陣を切った印象でした。先達のお手本がなかったから、例えばBLジャンルと文芸ジャンルではペンネームを変えたほうがいいのか、といったことも全部自分で決めなければいけなかった。後からデビューすると「榎田先生がああやっているから見習おう」というふうに参考にできることがあるけれど、自分が一番最初というのはプレッシャーも大きかったような気がするんです。

榎田　私の場合、なんとなく自然な流れで両方書くことになったような……。BLの制約がないものも書きたいなぁと思っていた頃、編集者さんから「書いてみたらいかがでしょうか？」というお話をいただいたのがきっかけです。最初は、ペンネームも「榎田尤利」のままSFファンタジー的な作品を書きました。その後、BLとそうではない作品とで見分けがついたほうがいいのかなと、カタカナの「榎田ユウリ」というペンネームを作って。ただ、昔も今も、名前の区別はあるけれどそんなにはっきり分けて書いているという感覚はないんですよ。まあ、あれですね。エロシーンがあるかないかです！

凪良　いきなりぶっちゃけた。（笑）

榎田　はっきりとエロティックなシーンがあってBLのレーベルから出ている場合は、漢字のペンネームを使っています。

凪良　私も、BLで書いているものと文芸で書いているものとの間に意識の違いはあまりないんです。今は昔に比べてずっと自由になりましたが、文芸とBLというジャンルの違いに気負いすぎず、もっと自由に軽快に読者も書き手も行き来できるようになればいいのになと思っているんです。

榎田　全く同じ気持ちです。時代が少しずつ、それに近づいている気がしています。

BLの流行や王道とどう向き合うか

凪良　榎田さんは伝説の雑誌「小説JUNE」で、栗本薫《くりもとかおる》先生が開いていた「小説道場」の門下生でいらっしゃいますよね。

榎田　そうですね。私は初めての本が出た二〇〇〇年をデビュー年としているんですが、その前から投稿作として雑誌に載せてもらっていました。

凪良　もともと私が熱心に小説や漫画を読んでいた頃は、男性同士の恋愛を描くお話はJUNE（ジュネ）と呼ばれていたんです。十年以上ブランクが空いて戻ってきたら、呼び名がBL（ボーイズラブ）に変わっていた。榎田さんが投稿されていた頃はもう、BLという呼び名が普通になっていましたか？

榎田　呼び名はだいぶそちらへ移行して、ジャンルの雰囲気にも変化がありました。当時「小説ＪＵＮＥ」は他のＢＬの雑誌やレーベルと違って、投稿者への細かい指導はなく、いわば放牧スタイルだったんです。ほら、ＢＬってその時々で流行があるじゃないですか。書き手はなるべくそれに対応すべきなのに、私はそのルールを知らなかったのでスルーしちゃってて（笑）。例えば、私がデビューした頃は学園ものが全盛だったんです。

凪良　めちゃくちゃ流行ってましたよね！　攻めは白い学生服を着ていて、生徒会がものすごい権力を持っていたりして。

榎田　おそらく読者さんも若かったので、自分に身近な世界が良かったんでしょうね。と言いつつ、その後はアラブの石油王が大ブームに。褐色の肌で眼は青い、みたいな。

凪良　褐色で眼は青くて、ヒゲはない。お金持ちに見初められて連れ去られて、お金を湯水のように使ってもらって。最初は相手のことが好きではなかったのに、最後は両思いになる。

榎田　受けさんは後宮に拉致監禁されて、石油王の政敵に攫《さら》われ、攻め様にヘリで助けにきてもらう華々しい物語……。この辺りの設定の大元はたぶん、海外のハーレクインロマンスだと思います。

凪良　私がデビューした時は、「花嫁」全盛期だったんですよ。

榎田　書いてくださいって言われました？

凪良　タイトルに「花嫁」という文字が入っていることと、内容も花嫁ものであること。この二つがデビュー作の条件でした。私はその当時、花嫁ものを一冊も読んだことがなくて、「男同士で花嫁って、こんな感じかな？」と自分なりに想像した物語がデビュー作になりました。

榎田　凪良さんにもそんなご苦労があったとは……。

凪良　デビュー時の担当さんから教えられたことで、印象に残っていることがあります。「ラストは絶対に、明確なハッピーエンドにしてください」と言われたんです。「どれぐらい明確にすればいいんですか？」と聞いたら、「結婚させるか、同棲させるかで終わってください」と。今思うと、当時でもかなり厳しい担当さんだったんですよ。

榎田　たぶん、最初にきつい縛りを課して、ＢＬの約束事を一通り身に付けてもらってから作家性を開かせようとしたんじゃないかな。

凪良　デビューしてから数年は、ギリギリのせめぎ合いでしたね。与えられた課題を守りながら、それでも自分の書きたいものを書いていく。本当に自由に書かせてもらえるようになるまでは、時間がかかりました。

榎田　私の場合、なにしろ放牧育ちなので、「この人に王道を書けと言っても無駄だろう」

ってバレている。約束事や流行を取り入れて欲しいというリクエストは、ほとんどなかったです。

凪良　そんな約束を守らせなくてもこの人は十分面白い作品を書いてくれる、という信頼が早い段階で生まれていたんじゃないですか？

榎田　あるいは、逆なのかもしれません。無理にやらせたらメタメタなものができそうだから、何も言わんとこ、と（笑）。過去作を読んだら、なんとなく伝わるものがあると思うんですよ。考えてみたらデビュー作（『夏の塩』）なんて、一巻目ではキスすらしてないですからね。

凪良　先輩！　それはルールを無視しすぎです！（笑）

お約束はいろいろあるけれど書きたいものを書くしかない

榎田　ＢＬは、お話を作るうえでの約束事が多いんですよね。「かくあるべし」という型があって、書き手としてはそれを守ることが大事。読み手の側も型を楽しむことが多く、それがＢＬの様式美の一つとなっている。伝統文化に近いのかもしれません。お茶・お花・ＢＬ、みたいに。

凪良　私が一番難しかったのは、「どんなに遅くとも、中盤で一回エッチさせてください」ということでした。私、基本的に気持ちがちゃんと通じ合ってから幸せにそういうことをいたして欲しいんですよ。まだ恋愛絡みのすったもんだをしている最中に、気持ちが通ってないうちにするんですか、そういうのは私、苦手なんですけど……という自分の価値観とのぶつかり合いでかなり葛藤したんです。結局デビュー作でも、書いたのは最後に一回だけでした。やはりそこは譲れなかったし、妥協できなかった。

榎田　「中盤で一回」なら、まだいいほうだったかも……。（笑）

凪良　「序盤で」と言われることもあるらしいですよね。

榎田　ラブシーンの回数にノルマがあったりもするようです。レーベルのカラーによるんでしょうね。エロスを求めている読者さんが多いレーベルになると、課せられたハードルも上がってくる。

凪良　ラブシーンが登場するタイミングを早めようとすると、どうしても無理やりとかになっちゃうんです。その展開でキャラクターの感情に沿ってラストの明確なハッピーエンドに持っていくためには、そこに行き着くまでの葛藤を三倍くらい書かねばならない。Ｂ

Lの約束を守って書いていくのって難しいなとデビュー当時から思っていました。
榎田　私自身はエロにフォーカスした作品も書いているんですが、基本的には当事者同士の気持ちというか、キャラの心情に沿っていったうえでラブシーンを出すようにしています。そうしないと結局、読者さんの気分も盛り上がらないんじゃないかなと思うんです。
凪良　良かった。榎田さんと同じだ。
榎田　あと、BLの王道とか約束事から外れても問題ナシなパターンがあって、キャラがいいことです。例えば、凪良さんがさっきおっしゃったような、明確なハッピーエンドになっていなくても「キャラが良ければついていきます！」と受け入れてもらえるんですよね。一方で、キャラがいいってことは、読者さんがものすごく感情移入するということでもあるから、「なんであのキャラを幸せにしてくれなかったの？　凪良先生！」という反発を引き起こす恐れがあります。
凪良　私、その状況に一回なったことがあります。BLって大抵、男性のメインキャラは「受け」と「攻め」の二人しか出てこないんですよね。その二人がどうやってくっつくのかが、お話の既定路線になっている。でも、四人のキャラを出して「誰と誰がくっつくかわからないよ？」っていう連ドラみたいな展開にしたんです。そうしたら、四人の中ですごく人気のあるキャラクターがいたんですが、その人が好きな人とは結ばれないコースだったんですよ。

榎田　ひどい！（笑）

凪良　ひどくないんですよ！（笑）　決して読者さんを裏切ろうとしたわけではなくて、物語としてそっちが自然だったというだけなんです。だから「そういうものは書かないで！」というお叱りの感想は申し訳ないけどスルーしました。作家は書きたいものを書く自由があり、読者さんは読みたいものを読む自由がある。言い換えると、読者さんには読みたくなければ読まない自由があり、その結果、作家は本が売れなくてプロ作家廃業になるかもしれないけど、それはお互いの責任と自由の問題だから、そこは侵さないようにしよう、それぞれお互い好きにやっていこうよって思うんですよね。これは文芸で発表している作品でも根幹のテーマになっています。

榎田　私は、逆に読者さんのことをいっぱい考えちゃうタイプかな……。読者さんに「面白かった、このお話好き」と言ってもらいたいので、そのためにどうすべきかを優先して考える傾向が強いようです。

凪良　でもきっとそれだけじゃないと思います。榎田さんだって、自分の好きなものを書きたいと思っているはず！

榎田　あっ、そこはそうなんですよ。前提として、私は好きなものしか書けない仕様になっているんです。

凪良　最初から仕様になっているんですね。（笑）

BLの新しい潮流を作りたい

凪良　私は、同じキャラクター同士で続きものを書くというのがあまり好きじゃなかったんです。『美しい彼』でやっとできた、という感じでした。だから、榎田さんみたいに骨太なシリーズを幾つも書いている作家さんをすごく尊敬しています。

榎田　ありがとうございます。……小声で言いますけど、シリーズだとイチからキャラを考えなくていいというメリットもありますよ。（笑）

凪良　そうなんですけど……細かい設定を忘れたりしないんですか？

榎田　忘れますよ！　なので Excel でキャラや設定のデータを管理しています。

凪良　あと私は、シリーズにすると毎回どうやって恋愛でごたつかせればいいのかがわからなくなるんです。

榎田　シリーズを続けていると、だんだん恋愛を書く分量が減っていきがちですよね。でも、ごたごたさせなくても、カップルになった後の幸せな二人の関係性を、読者さんが楽しんで読んでくださるようです。

凪良　なるほど。そうすると物語が退屈になってしまったりしませんか？

榎田　……しますね、私は（笑）。なので、何か事件やトラブルを起こしちゃいます。そういった新しい要素がないと、「恋愛で楽しいのは最初のウチだけっしょ！」という、自分の地が出ちゃう気がします。（笑）

凪良　たまには別れてもいいじゃん、とか思いませんでしたか？（笑）

榎田　文芸ジャンルの作品だったらいいと思うんですけど、BLジャンルの場合は難しいのかも。私の中でのルールなのですが、読者さんを悲しませちゃいけないっていう気持ちが強いです。

凪良　BLジャンルでは、別れはとても悲しくて可哀想なものだとなっている。でも、恋愛ってみんながみんな成就させられるわけじゃないし、別れって恋愛の中に当たり前に存在する一つの要素だから、BLでやってしまってもいいのではとずっと思っているんです。と言いつつ、絶対に怒られるのが分かっていたから、今までできなかったんですけど……。

榎田　確かに凪良さんのおっしゃる通りで、現実の恋愛はほとんどがブロークンするわけじゃないですか。しかも「あれはいい恋だった……」というふうにはならず、「クソが！」みたいな感じで終わる恋もいっぱいある（苦笑）。ただ、そのことは別にBLの世界では書かなくていいのかな、と。「BLですよ」と言ってホールケーキを出されたのに、切ったらいなり寿司だったらビックリするじゃないですか。

凪良　喩《たと》えが絶妙です。（笑）

榎田　いなり寿司だって分かっていたら美味しいんだけど、ケーキだと思って食べたら感じ方が違いますよね。裏切られた気分になってしまう恐れがある。

凪良　そうかもしれませんね。その一方で、同じ流行や約束事を繰り返しているだけじゃ、縮小再生産になってしまって、どんどんジャンルとして狭まってしまうという危機感も持っています。BL業界でお世話になった身としては言うのが憚《はばか》られますが、BL小説って勢いがなくなってきているじゃないですか。

榎田　それ、言わないようにしていたのに……！（笑）　でも本当に、この十数年で部数がどれほど減ったかは、お互い身に染みてわかっていますよね。

凪良　このまま縮小するぐらいだったら、新しいことをするべきなんじゃないかと考えています。もちろん、新しい潮流は最初に誰かがやらなければ生まれないわけで、じゃあその一発目を私にやらせてくれるんだったら……とも思っています。いや、一発目と言っても、木原音瀬《このはらなりせ》さんがすでにインパクトの強い物語を書かれていますね……。
榎田 木原さんの場合、作家性そのものが一つのジャンルとして成り立っている感があります。凪良さんもそれに近いんじゃないでしょうか。ＢＬの型を踏襲せずに、独自のスタイルを確立されたことにより、多くの読者さんが魅了されたんだと思います。
凪良 王道をやるのは、どうしても無理な仕様なんです。（笑）

ＢＬの未来に願うこと、ＢＬのためにできること

凪良 私、榎田さんの『きみがいなけりゃ息もできない』が大好きなんです。売れないマンガ家のルコちゃんと幼なじみの東海林《しょうじ》君は、デビュー作の『夏の塩』を思い出すような関係性ですよね。
榎田 確かに、ちょっと似ています。
凪良 『きみがいなけりゃ息もできない』はＢＬとして楽しませていただいたんですが、『夏の塩』は心理描写が繊細で、文芸ジャンルの小説に近い面白さや魅力を感じました。

榎田　『きみが〜』の方はデビューして数年たって書いているので、自然に「ＢＬとして楽しく、読みやすいテイストに」という意識が働いたんだと思いますね。凪良さんもそういう意識が働くことってありませんか？

凪良　書く時の基本姿勢は変わらないんですけど、味付けに差は付けるかもしれません。ＢＬでは味付け濃い目にしたりしますね。ロマンチックにしたいので、告白シーンが長かったりとか。どこを細かく書くかって、文芸とＢＬではちょっと違うと思うんです。

榎田　凪良さんの場合は文芸の作品の方が、読者に委ねている部分が大きい印象がありま す。解釈の幅を広く持たせているというか。対してＢＬはエンタメ性が強いので、細かいところを映像的に説明することがある程度要求されるのかな、と。

凪良　そうですね。あと、やっぱりボーイズラブはラブという字が入っているだけあって、恋愛がメインになってくる。『流浪の月』は、ＢＬで書いた『あいのはなし』と同じ題材を扱っているんですが、恋愛とは全く違う部分に焦点を当てることができました。恋愛以外の部分に思いっきり力を入れられるというのは、文芸ジャンルの良さの一つだと思います。自由に行き来できたら一番楽しいですよね。こっちで書きたい時はこっちで、ＢＬに戻りたかったら戻れる。

榎田　そういう作家さん、本当に増えてきました。

凪良　編集者さんたちも、ＢＬと文芸の垣根を取っ払っている方が増えていると思います。読者さんもそう。昔はＢＬ小説って、隠れてこっそり読むものだったじゃないですか。

榎田　昔は必死に隠したものじゃよ……（笑）。だいたい思春期の頃に読み始めるパターンが多いと思うんですけど、やっぱりエロティックな描写が多いから、親には見つかりたくない、部屋のどこに隠すかで悩む、みたいな。「ＢＬが好き」と言っても全然おかしくない、趣味の一つとして普通に認識されている今の世の中を、言祝《ことほ》ぎたい気持ちでいっぱいです。

凪良　ＢＬは今や、世界に誇れるコンテンツですからね。

榎田　めちゃめちゃ経済、回してますよね。

凪良　最近、お母さんと共有して読んでいる人が多くないですか？

榎田　多いんですよ。サイン会を開くと、親子で来てくださったり。お母さんは昔から私の作品を読んでくださっていて、娘さんには最初はカタカナ名義の小説を読ませて、そろそろいいかなってタイミングで漢字名義の方の作品をそっと手渡す（笑）。もうじき「親子三代で読んでいます」という読者さんが現れるんじゃないかと楽しみにしています。

凪良　ＢＬの未来に関してもう一個思っているのは、このジャンルへの入口になるような、性描写が少ない初心者入門編ぐらいの作品がもっとあってもいいのでは、と。そうやって少しずつ間口を広げていけば、アンハッピーを書かせてもらえるチャンスが来るかも……。

榎田　今、最後で論理が急に飛んだような？（笑）ＢＬも、漫画ではソフトな作品の人気が増しているようです。

凪良　悲恋のものもありますよね。

榎田　そうそう。救いがなかったり、メリバだったり。漫画は読者数が圧倒的に多いので、バリエーションが豊かになりやすい土壌なんでしょうね。ＢＬの商業小説だとなかなか今、そういうチャレンジの機会がない。

凪良　私はＢＬ出身の作家なので、文芸の方でお世話になったりしつつも、いつでも帰る古巣であってほしいって思うんです。と同時に、書き手が書きたいと思った時に、制限されることがないジャンルになってってほしい。

榎田　私も「ボーントゥビー腐女子」、生まれた時から腐女子なので、ＢＬというジャンルから離れることはないように思います。書いてる作品にしても、ＢＬでもそうでなくても、核となる部分は同じなので、ジャンルをまたいでたくさんの人に読んでいただけると嬉しいなあというふうに思います。

凪良　私はたまに新聞の記事などで「元ＢＬ作家」って肩書きをつけられることがあるんですが、「元」じゃないし、って思います。「現」だし、って。やっぱり私はこのジャンルが好きだし、古巣を今後も支えてもらえる人が増えるように、自分なりにできることは何かないか探していきたいです。

榎田 よし、じゃあ二人で来年三冊ずつくらいBLを出しますか！

凪良 ええっ⁉（笑）

二〇二三年十二月　中央公論新社にて

榎田尤利さんの本

『夏の塩　魚住くんシリーズⅠ』

圧倒的な人気を誇った、榎田ユウリの伝説的作品

ごく一般的な会社員、久留米充の頭痛の種は、同居中の友人・魚住真澄だ。誰もが羨む美貌で、男女問わず虜にしてしまう男だが、生活力は皆無。久留米にとっては、ただの迷惑な居候である。けれど、狭苦しいアパートで顔をつきあわせているうち、ふたりの関係に微妙な変化が訪れ……。不幸な生い立ちを背負いながらも飄々と生きている。そんな魚住真澄に起きる小さな奇跡。生と死、喪失と再生、そして恋を描いた青春群像劇。

角川文庫

コミック

『滅びの前のシャングリラ』

浅野いにお

「地球滅亡」を題材にした小説のワンシーンを、『デッドデッドデーモンズデデデデデストラクション』の浅野いにおさんがコミカライズ。豪華な「ディストピア」コラボが実現しました。

初出　「ダ・ヴィンチ」二〇二一年五月号

浅野いにお（あさの・いにお）

1980年茨城県生まれ。98年「ビッグコミックスピリッツ増刊号 manpuku!」にて『菊地それはちょっとやりすぎだ!!』でデビュー。2021年『デッドデッドデーモンズデデデデデストラクション』で小学館漫画賞の一般向け部門、22年に文化庁メディア芸術祭のマンガ部門・優秀賞を受賞。同作は24年春にアニメ映画化が決定している。現在、「ビッグコミックスペリオール」にて『MUJINA INTO THE DEEP』を連載中。他の著書に『ソラニン』『おやすみプンプン』『うみべの女の子』『零落』など。

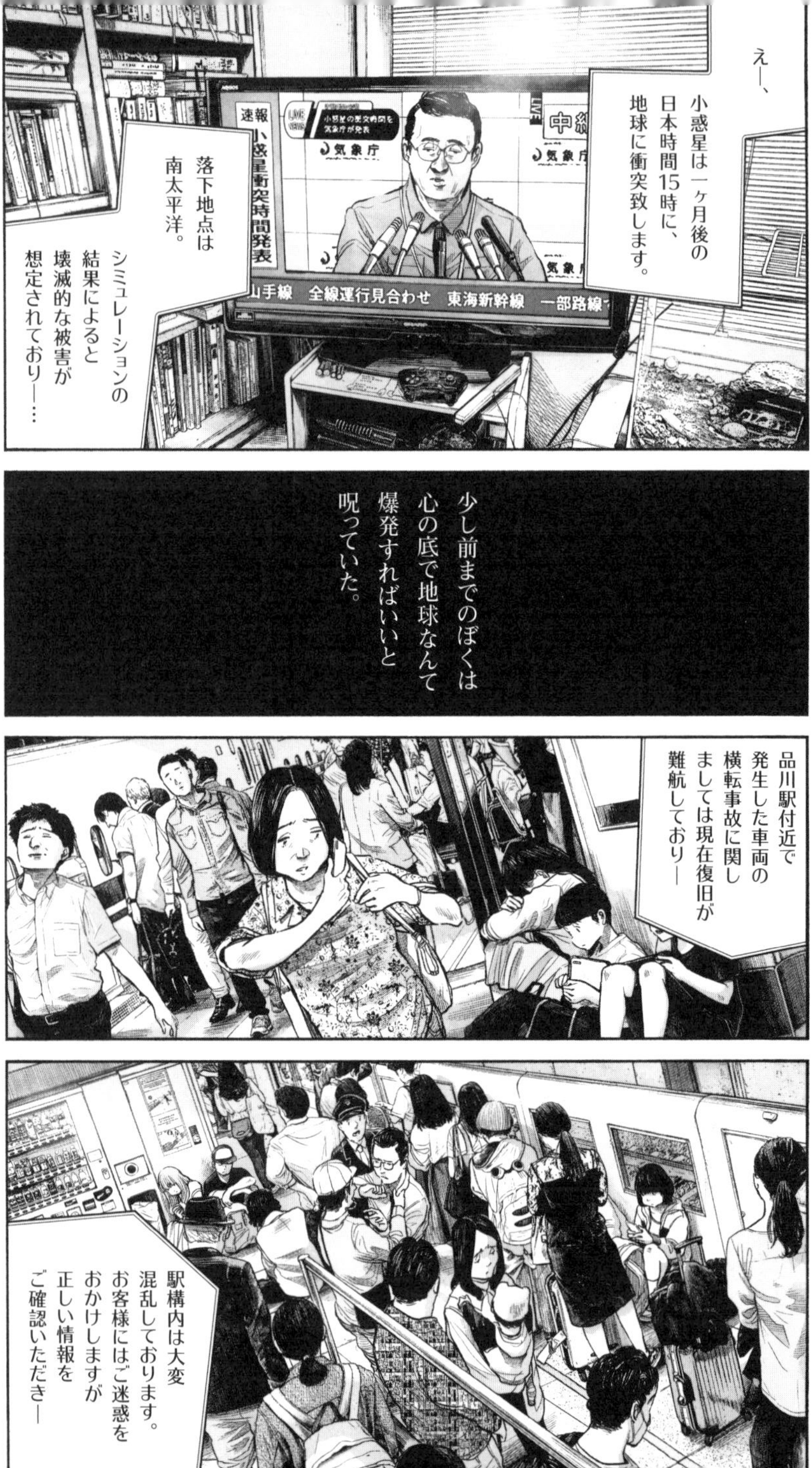
えー、
小惑星は一ヶ月後の日本時間15時に、地球に衝突致します。
速報
小惑星衝突時間発表
気象庁
落下地点は南太平洋。
シミュレーションの結果によると壊滅的な被害が想定されており──…
山手線　全線運行見合わせ　東海新幹線　一部路線
少し前までのぼくは心の底で地球なんて爆発すればいいと呪っていた。
品川駅付近で発生した車両の横転事故に関しましては現在復旧が難航しており─
駅構内は大変混乱しております。お客様にはご迷惑をおかけしますが正しい情報をご確認いただき─

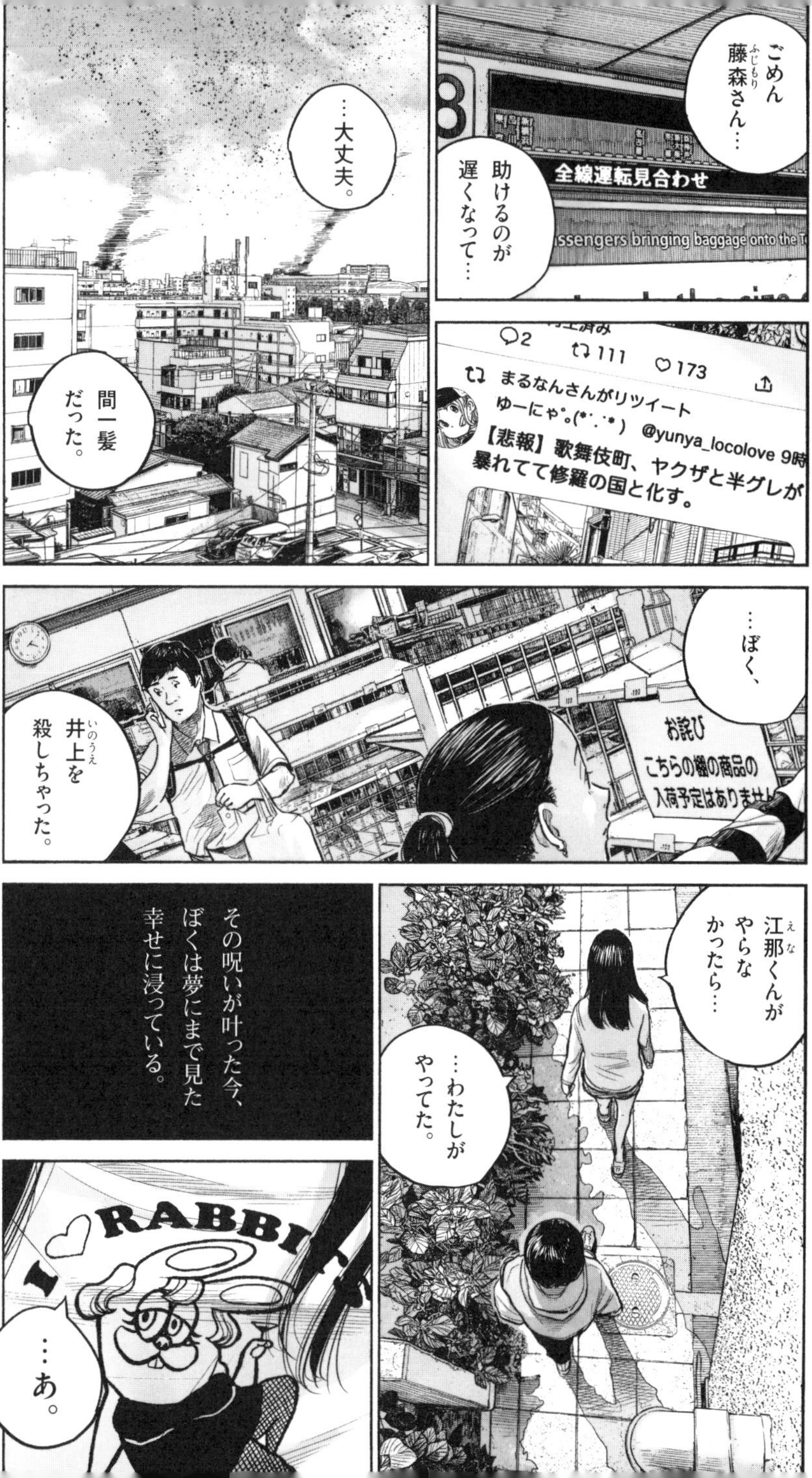

ごめん藤森《ふじもり》さん…
助けるのが遅くなって…
全線運転見合わせ
ssengers bringing baggage onto the T
…大丈夫。
間一髪だった。
2
111
173
まるなんさんがリツイート
@yunya_locolove 9時
【悲報】歌舞伎町、ヤクザと半グレが暴れてて修羅の国と化す。
…ぼく、
井上《いのうえ》を殺しちゃった。
お詫び
こちらの棚の商品の
入荷予定はありませ
江那《えな》くんがやらなかったら…
…わたしがやってた。
その呪いが叶った今、
ぼくは夢にまで見た
幸せに浸っている。
RABBI
…あ。

売地
ひびの不動産
RABBITS
綺麗だね。
…ね？

今になって、もっとこの時間が続いてほしいと願っている。あれほど世界を呪っていたときは欠片も救ってくれなかったくせに。
どうしてだろう。神様は残酷だ。

浅野いにおさんの本

『デッドデッドデーモンズデデデデデストラクション』（全12巻）

少女たちのディストピア青春譜

3年前の8月31日。突如『侵略者』の巨大な『母艦』が東京へ舞い降り、この世界は終わりを迎えるかにみえた——。その後、絶望は日常へと溶け込んでいき、大きな円盤が空に浮かぶ世界は今日も変わらず廻り続ける。小山門出、中川凰蘭、2人の女子高生は終わりを迎えなかった世界で青春時代を通行中！2024年アニメ映画化決定。

ビッグコミックススペシャル

対談

山本文緒
凪良ゆう

受け継がれた恋愛小説のバトン

Interview
Yamamoto Fumio × Nagira Yuu

取材・文　吉田大助　撮影　山口宏之

凪良さんが憧れ続けた最愛の作家、山《やま》本文緒《もとふみお》さん。初対面の際、凪良さんは感激のあまり涙を流しました。思いが溢れる対談の最後に山本さんが告げた、「恋愛小説のバトン、託しますね」という言葉。対談の数ヶ月後、山本さんは膵臓がんと診断を受け、同年十月に逝去されました。バトンを受け取った凪良さんは、この対談のときに構想していた恋愛小説『汝、星のごとく』で、二度目の本屋大賞受賞を果たしたのでした。

山本文緒（やまもと・ふみお）

1962年、神奈川県生まれ。87年に少女小説家としてデビュー。92年から一般文芸作品を発表。99年『恋愛中毒』で吉川英治文学新人賞、2001年『プラナリア』で直木賞、21年『自転しながら公転する』で島清恋愛文学賞、中央公論文芸賞を受賞。同年、58歳で逝去。ほかの著書に『アカペラ』『ばにらさま』『無人島のふたり』など多数。

「小説の神」に会った瞬間

凪良　今めちゃくちゃ緊張しているんですが、「神」に会えた喜びでテンションもマックスです。昔の私に教えてあげたいです！　「将来、お会いできるよ‼」って。

山本　いやぁ……、照れるぜ。

一同　（笑）

凪良　山本さんの作品は、最新作の『自転しながら公転する』（二〇二〇年刊）も含めて全部大好きなんですが、一番衝撃を受けたのは『恋愛中毒』（一九九八年刊）でした。離婚経験のある女の人を主人公にした恋愛小説だと思って読んでいたら、終盤で「えっ？　ミステリーだったんだ！」となる瞬間が現れる。その鮮やかな転換が、あまりにも衝撃だったんです。恋愛小説の部分だけでも十分面白いのに、ミステリーとしても楽しめる。しかも、ミステリーの種明かしがあった後で、もう一度恋愛に戻ってくるんですよね。その時に、男と女の関係の奥深さや人間の業《ごう》がぐっとリアルに感じられる。初めて読んだ時はまだ私も若かったので、小説の最後に出てくる光景を前にして、理解できない部分も正直ありました。でも、今この年になってから読み返すと「そうそう、そういうものなんだよ！」と。

山本　業が、ビリビリ分かるようになってしまいました。

凪良　なってしまいました。お会いできたら是非伺いたかったんですが、『恋愛中毒』のあの構成は、最初からああしようと思って書かれたんですか？

山本　そうですね。ただ、これは夢を壊しちゃう話かもしれないけど……。

凪良　知りたいです！

山本　当時の小説界はミステリーが隆盛で、恋愛小説だったら女の人も読んでくださるんですけれども、男性読者の手に取ってもらおうと思ったら、ミステリー仕立てにしないとなかなか難しかった。当時のそういった状況に合わせて、ミステリー的な構成を考えていったんです。筆一本で食べていきたい、という気持ちが一番強い時期でもありましたから。

凪良　もう既に売れっ子先生だったんじゃないんですか？

山本　ぜんぜん！　『恋愛中毒』が売れるまでは、金銭的にもかなり危うい生活でした。でも、今思えばそれが良かったというか、構成についてちゃんと考える癖がそこでついたんですよね。小説を書き出す前に、プロットを丁寧に作るようになったのもその頃からでした。

凪良　山本さんの小説の構成は本当に緻密《ちみつ》で、終盤で意外な驚きに打たれることが多いです。私は、短編では「ネロリ」（二〇〇八年刊『アカペラ』所収）が大好きなんです。あそこに描かれている人間関係も魅力的ですが、あれもやっぱり構成に驚きがあります。

山本　いつぞやは、書評を書いてくださってありがとうございます。

凪良　読んでくださったんですか！　あれは書評なんて言えるものではなくて……単なるラブレターでした（笑）。そこで書かせていただいたことと重なるんですが、「ネロリ」は独身の姉と三十九歳の無職の弟の話で、ずっと一緒に暮らしてきた二人の関係に、弟の恋人のココアが絡んでくる。でも、それによって何かが脅かされるような書き方ではないんですよね。山本さんはそれまでも、社会にちょっと馴染みづらい感じの人を描かれてきていらっしゃったと思うんです。「ネロリ」の姉弟もぜんぜん世の中に馴染めてはいないんですが、それまでの作品から受け取っていた重さや鋭さではなく、やわらかな諦観のようなものを感じました。今までとは何か違うぞと思ったんですが、何か理由があったんでしょうか？

山本　自分ではわからないですね。何か変えよう、というつもりは特になかったかな。ただ、それまで病気で数年間仕事を休んでいて、復帰二作目だったんです。一作目はちょっと肩に力が入っていたんですが、二作目のこれを書いた時には、小説を書くという行為が自分にとってごく自然なものとなっていた。そういう気分みたいなものが、多少作用したのかもしれません。

凪良　「ネロリ」は私、読むとホッとするんですよ。この作品に流れている空気は、私にとってすごく息がしやすいんです。山本さんの作品は、私にとって全てそうかもしれない。

山本　ありがとうございます。たいてい「気持ち悪い」とか言われるんですけどね。

凪良　そうなんですか⁉

山本　「ネロリ」でも読者の方からそういう意見はありましたし、『恋愛中毒』は特にそうでした。ただ、私にとって「気持ち悪い」は、褒め言葉なんですよ。読んで何かしらの違和感を持ってもらえたんだとしたら、私の小説のどこかが、その人の心に引っかかったということでもあるわけじゃないですか。それは書き手としては、喜びですよね。

凪良　私自身、いい違和感をいっぱいもらってきたと思います。はっきり自覚しているわけではなかったけれども、山本さんの小説からもらった違和感を使って、自分の小説を書いてきたんじゃないかなと思います。ただ、違和感以上にフィット感がすごいんですよ。山本さんの小説を読んでいると、「この人のこの気持ち、言葉にしたことはなかったけれど私も知ってる！」となる瞬間がたくさんあるんです。

普通が一切通用しない世界だから書けた

山本　凪良さんの小説の中にも、世の中に馴染めない人たちがたくさん出てきますよね。というか、うまく馴染めている人は一人も出てこない。これは褒め言葉なんですが、みんな「どこかおかしい」。

凪良　普通の人があんまり書けないんです。

山本　凪良さんの中で普通の人って、どんな人ですか？　難しい質問だと思うんですけれども……。

凪良　難しいです。今つい普通という言葉を使ってしまったんですが、「普通の人」なんてどこにもいないんだろうなって思うんです。外からは普通に見える人でも、心の中に秘密があったり、世の中にとって多数派ではない部分を何かしら持っているんじゃないかな、と。それを暴いていくような話を書いていきたいな、と思っているんです。そうすることで、たとえば社会で生きていくうえで「普通でなければいけない」というプレッシャーのようなものが、私自身もそうだし読んでくださった方からも、少しだけ軽くなるんじゃやないかなって……。山本さんの小説はまさに、それを鮮やかにおやりになられていると思います。

山本 隠しているつもりがなくても「隠しているもの」があるかもしれないですよね。本人はいたって普通の行動だと思っていても、他の人から見たら「え⁉」ということを、うちに帰ったらやっているのかもしれない。たとえば、裸族の人ですとか。

凪良 らぞく。今一瞬、漢字の変換に悩みました。裸族ですか！

山本 家に帰るとすっぽんぽんになる人がいることを知ったのは私、結構最近なんです。

凪良 私はまだ理解が追いついていないかもしれません。ええと、つまり家で何もはかないんですか？

山本 生まれたままの姿で。マツコ・デラックスさんがそうだって、テレビでおっしゃっていましたし、コミックエッセイでも二作、裸族としての暮らしを描いたものを読んだことがあります。それが普通の人もいるんだって知った時、私はもっと人の多様性を認めていこうと思いましたね。普通は奥が深いな、と。

凪良 めちゃめちゃ奥が深いです！

山本 すみません、ヘンな話をしちゃって（笑）。凪良さんの小説の登場人物では私、『滅びの前のシャングリラ』に出てくるお母さん、静香《しずか》さんがすごく好きです。彼女の人物造形は、これはもう本当に普通じゃない。映画の中ではこういう人がいたけれども、文学の中で、身も心もここまで強い女の人が出てきたことってあるのかな。凪良さんの発明じゃないかな、と思いました。

凪良 嬉しいです！　何をしても大丈夫というか、普通がどうだなんて誰もなんにも構わないという世界を舞台にしたから、書けたキャラクターだったと思います。普通の世の中だったらあんな暴力夫婦、許されないですよね。すぐ警察に御用になっちゃいます。(笑)

山本 『滅びの前のシャングリラ』は、書かれるのにすごく苦労しただろうなというのもわかるんですけれども、気持ちよくバットを振っているような感じがして。暴力シーンも多いし死体もゴロゴロ出てきますけれど、死体の描写って普段の小説でなかなか書けるものではないじゃないですか。書くのが楽しかったでしょう？

凪良 すっごく楽しかったです。私は、作品の中に担当編集さんのエッセンスが入ってくるんです。『滅びの前のシャングリラ』はバイオレンスを許してくれるというか、むしろ「もっとやれ！」的な感じの担当さんじゃなければ作れなかったと思うし、『流浪の月』はものすごく繊細《せんさい》な感性の持ち主である東京創元社の担当さんじゃなければダメだった。『わたしの美しい庭』はポプラ社さんから出した本なんですが、担当さんから最初に釘《くぎ》を刺されたんですよ。「うちは児童文学を扱っている会社なので、あんまり黒いのはやめて

ください ね」と。でも、ポプラ社さんって平山夢明《ひらやまゆめあき》さんの『ダイナー』を出しているんですよ!

山本 真っ黒!(笑)

凪良 山本さんは、組まれる編集さんによって作風を変えたり、題材の選び方を変えたりはされますか?

山本 担当さんは関係ないですね。そもそも内容に関して、相談自体をあまりしないんです。書き下ろしの時は、担当さんが原稿を読んだ時にびっくりしてくださるように、前情報も伝えないんですよ。

凪良 担当さんは最初の読者でもあるから、その反応を大事にしたいってことですよね。でも、内容の深いところまではいかなくても、何を書いているかぐらいは知りたい、と思う方もいらっしゃる気がするんですが。

山本 原稿の進捗《しんちょく》はいかがですか、みたいな話の中でなんとなく内容について聞いてくるので、そういう時は電話を切ってしまう。

凪良 ええっ⁉

山本 「原稿やってますから。じゃあ!」と。

凪良 すごい技を伺ってしまいました。(笑)

山本　あまりマネしないほうがいいと思います。（笑）

恋愛の中に潜り込む時代の空気

凪良　私はボーイズラブ出身なんですが、山本さんは少女小説出身ですよね。少女小説で書かれていたことが、一般文芸に移られた後の土台になりましたか？

山本　そうですね。ボーイズラブもそうだと思うんですけれども、少女小説というジャンルは読者の方との距離がすごく近い。本を出したらすぐに反応が来るし、読者の顔が見えるんです。誰のために書いているんですかと聞かれたら、「読者のためです」と答える下地ががっつりできました。私、結構なエゴサーチャーなんですよ。（笑）

凪良　私も同じかも……（笑）。読者さんが楽しんでくれるものかどうか、という感覚は常に念頭にあります。ただその感覚が、一般文芸で書く時に悩ましいなと感じる時もあるんです。楽しんでもらえるか楽しんでもらえないかに重きを置きすぎると、作品としての完成度にブレが生じてしまうかもしれないな、と。

山本 それは私も悩んでいますね、今でも。

凪良 山本さんもですか⁉ 詳しくお伺いしてもいいですか。

山本 『なぎさ』（二〇一三年刊）の時に、読者の想像の余地がたくさん残るように、ふわっと終わらせたんです。二人の男女の主人公がこの先、どうなるかははっきりわからないような書き方をあえて選びました。そうしたら、もっと書いて欲しかった、ちゃんと結末を書いて欲しかったという読者の意見がネット上でかなりあったんです。だから今回、『自転しながら公転する』ではプロローグとエピローグを書いて、主人公の物語をきっちり描き切ったんですよね。そうしたら今度は、「プロローグとエピローグは蛇足だった」という意見が結構出てきた。

凪良 それはもう、どうしたらいいんですか。（笑）

山本 実は本を出す前にも、編集さんから「いらないのでは？」という意見もいただいていたんですよ。悩んだすえに「このままで行きます」と決めたのは、結局自分だったんですよね。だから、読んだ方の意見はものすごく気にはするんだけれども、意外と無視している。（笑）

凪良 その感覚、私も分かります。（笑）

山本 たとえ傷つくようなことであっても、読者さんの感想は知りたいんですよ。知らないでいるよりは、知りたい。知らないことのほうが、私にとっては怖いんです。だからもう読者の声を気にしてしまう習性はきっと治らないんだけれども、最後は自分の好きなようにやればいいのかな、と。

凪良　『自転しながら公転する』は三十二歳の女性を主人公にした、直球の恋愛小説ですよね。作風が若返られたような気がしたんですが、ご自分の中でそろそろまた書きたくなったということだったんでしょうか？

山本　同年代の作家さんが評伝を書いたり時代小説に行ったりしている中で、自分はどうしたらいいのかなぁと考えた時期があったんです。結論としては、私はそういうものを一ミリも書きたくないなと思ったんですよ。

凪良　なんて正直な。（笑）

山本　そうであるならば、私がこれまでいろいろな形で書いてきた若い人たちの恋愛を、久々に真正面から、今の時代の空気に合わせて書いてみようかな、と。年齢もだいぶ重ねてきてしまいましたし、書けるとしたら今回が最後かなと思って書いたんです。

凪良　最後だなんて、もったいないです！　今の時代の空気を吸ったとってもリアルで生々しい若者たちなのに、とってもみずみずしくて。新鮮な恋愛小説でした。

山本　凪良さんは、ボーイズラブでは違ったと思うんですけれども、一般小説では恋愛恋愛したものを書かれてはいないですよね。

凪良　一般文芸を書き出してからは、話の中に恋愛の要素は入ってきてはいるんですが、直球の恋愛小説って一冊も書いていないんです。それもあって次の新作では真正面から、しかも男女の恋愛を初めて書いてみようと思っています。これは是非山本さんにお伺いしたかったんですが、恋愛を書く楽しさってどんなところにあると感じていらっしゃいますか？

山本　人間って、できるだけ理性的に生きたいと思っていますよね。その理性が一番吹っ飛んじゃうのが、恋愛感情だと思うんです。だから作品の中で、恋愛がいいものである、というふうに書いたことはほとんどなくて。恋愛になると理性が吹っ飛んで、理屈で考えれば絶対そんなことしないほうがいいってことをいっぱいしてしまい、人にも迷惑をかけ自分も苦しんで……という人間の感情の動きが面白いなと思って書いているのかもしれない。

凪良　理不尽さが一番描ける題材ですよね。キャラクターの内側に、絶対的な正義も悪もなくなる感じが、書いていて確かに面白い。人間って面白いな、と思わされます。

山本　私もそう思います。

凪良　今の若い人は、恋愛する子が少ないっていうのは本当のことなんでしょうか？　みんな本当に、そんなに恋愛をしてないのか。

山本　『自転しながら公転する』を書くためにいろいろ調べてみたんですが、若い人の「恋愛はコスパが悪い」という意見は結構目にしましたね。

凪良　恋愛のコスパの悪さに関しては、「最初から悪いに決まってるじゃん！」としか言いようがない（笑）。そもそも人と心を通い合わせることって、心理的にものすごく負担がかかるじゃないですか。

山本　それに加えて今の若い方は、物心ついた時からずっと不景気だったこともあり、経済的な不安が大きくて、ちょっとした損をするのがすごいイヤなのかなぁと感じるんです。その反対にちょっとした得もすごく好きで、クーポンを使ってハンバーガーをもらったり、とか。

凪良　ちょっとでも気を抜いたら社会から落っこちちゃうかもしれない、という不安を今の若い人たちは持っている。となると、恋愛は損することが多いからしないほうがいい、と思っちゃうのかもしれない……。時代の空気は間違いなく、若い人たちの恋愛関係に反映されていますよね。『恋愛中毒』で描かれた恋愛と、『自転しながら公転する』で描かれた恋愛は、全く違いました。

山本　お互いが加害者と被害者になってしまうような、それがまた反転するような激しい恋愛はきっと今もあるとは思うんですが、風潮としてはメインではないのかもしれない。どちらかと言うと、家の中に二人でまったりと過ごしたり、家族みたいに手を取り合うようなもの。傷つけ合う恋愛じゃなくて、あったかい繭《まゆ》みたいな中にいて、お互いを支え合う恋愛がメインになってきているんじゃないのかなと思うんです。昭和の人たちからすれば、それを見て恋愛しているようには見えないけれど、それが今の恋愛じゃないかなと思って『自転しながら公転する』を書いていきました。

託された恋愛小説のバトン

凪良　私が今度書こうと思っているのは、加害者と被害者になるような激しい恋愛ではないんだけれども、ずっと尾を引いてしまうような、人生の中に通奏低音として横たわってしまうような恋愛の話なんです。人生を貫いていくという点では、ある意味ですごく激しい。いつまでも忘れられないというか、折に触れてふっと思い出してしまう相手って、誰しもいるんじゃないかなと思うんです。

山本　「腐れ縁」と言うと古い言葉ですけれども、そういう縁ってあるなぁと思いますね。そうか、次はそういう話になるんですね。

凪良　まだプロットも固まっていないんですが（笑）。山本さんは、次の作品はどんなものにするかもう決まっているんですか？

山本　近いうちにこれまで発表したものと、新作一本を収めた短編集が出る予定です。その後は、また長編を書きたいです。いつもそうなんですが、反動が来るんですよ。甘い感じのものを書いたら、次は辛いものが書きたくなる。『自転しながら公転する』はクリームもりもりの甘いケーキだったので、次は辛いおせんべいかな、と……。

凪良　ちょっと待ってください。『自転しながら公転する』って甘いケーキでしたっけ……（笑）。十分辛かったですよ！

山本　私にとっては甘々だったんです。（笑）

凪良　自分と読者さんとの間の、感覚の水準が違うということは私もよく感じます。たとえば『流浪の月』に関して、更紗《さらさ》と文《ふみ》の関係をセンセーショナルなものだと受け止める感想をたくさんいただいたんです。私としては、誘拐というシチュエーションは特殊だけれども、そこに表れる関係は全くもって普通のことしか書いていない感覚だったんです。

山本　それこそ「普通」って人それぞれ、違うものですよね。

凪良　そうですよね。そうだ、だから、このままでもいいんだ……。今日は貴重なお話をいっぱい聞けて本当に幸せでした。これからちゃんと、自分の糧《かて》にしていきたいです。『自転しながら公転する』を甘いケーキとおっしゃった山本さんの辛いおせんべい、楽しみにしています！

山本　私も凪良さんの甘いケーキ、楽しみにしています。恋愛小説のバトン、託しますね。

凪良　そのバトン、重すぎます‼（笑）

初出　「ダ・ヴィンチ」二〇二一年五月号

山本文緒さんの本

『自転しながら公転する』

凪良さんへバトンを繫いだ恋愛小説

母の看病のため実家に戻ってきた32歳の都。アウトレットモールのアパレルで契約社員として働きながら、寿司職人の貫一と付き合いはじめるが、彼との結婚は見えない。職場は頼りない店長、上司のセクハラと問題だらけ。母の具合は一進一退。正社員になるべき？　運命の人は他にいる？　ぐるぐると思い悩む都がたどりついた答えは——。揺れる心を優しく包み、あたたかな共感で満たす傑作長編。

新潮文庫

掌編小説

ニューワールド

『滅びの前のシャングリラ』の
スピンオフ作品を特別収録。
登場人物・友樹の視点で
語られる地球最後の瞬間とは？

江那友樹《えなゆうき》、十七歳にして二度目の初恋中。

二度目なのに初恋っておかしいですか？　でも、どちらも同じ女の子なんです。ぼくは何度も同じ彼女に恋をして、叶わないまま、もうすぐ死ぬんです。

＊　＊　＊

一度目は真冬のホームで、藤森《ふじもり》さんは目の縁《ふち》いっぱいに涙をためていた。

――八つ当たりしただけなの。ごめんなさい。

ポニーテールに純白のファーつきコート、斜めに吹きすさんで雪でけぶる視界。根こそぎ引っこ抜かれて、どこともしれない場所へ連れていかれるようなあの感覚。

――江那くんは悪くない。ごめん。助けてくれてありがとう。

二度目は月明かりの差し込む路地裏だった。シャツの肩がやぶれ、常に天使の輪が光る艶《つや》やかな黒髪は泥で汚れ、気強い目にはやっぱり涙がたまっていた。

彼女は春の嵐のように幾度もぼくをさらった。

放課後の教室で、鼻血で顔を赤く汚してしゃがみ込むぼくにハンカチをくれた彼女。去っていく彼女の凜とした後ろ姿。窓から差し込む夕方の濃い光。アイ・ラブ・ラビットとうさぎがプリントされたTシャツにダサいと顔をしかめる彼女。夜の駅で一枚の毛布にくるまれてぼくの隣で眠る彼女。青い冷たいソーダバーとコスモス畑で笑う彼女。乱暴で甘い風に吹かれ、ぼくの心に理科の実験で使うプレパラートが舞い上がる。スライドガラスの上にいろんな彼女が置かれ、カバーガラスではさまれる。ぼくはそれを顕微鏡で覗き込む。ぼくの目が捉えたぼくだけの彼女だ。

薄い薄い、ほんの少し力を込めれば、ぱきんと折れてしまう彼女との儚い思い出。再生時間はもうあと十日と少しだけらしい。彼女との記憶を抱いて、ぼくはもこもこのウールな羊のまま生き、死ぬ。それで充分だと思っていた。少し前の世界だったら、彼女と目を合わせることすらできなかったんだから。なのにここ最近、ぼくの中で羊が暴れている。

なあ、ぼく、本当にそれでいいのか？

本当に後悔しないのか？

なあ、ぼくってばさ。

隣の部屋の襖《ふすま》が開く気配で目が覚めた。時間は五時を過ぎている。朝がくる前の一番深い夜の中だ。ある確信を持ってぼくは布団を抜け出し、一階へと下りていった。階段を下りきる手前でそっと覗くと、暗い座敷に藤森さんが三角座りでぽつんとひとりいた。

手の中で発光するスマートフォンを見つめ、細かく指を動かしている。青みがかった光に照らされた藤森さんは今にも泣き出しそうで、相手は家族だろうと察した。

幼いころに養子縁組された彼女の妹の名は真実子《まみこ》。そう教えてくれたときの彼女を思い出すと、また胸に強い風が吹いてプレパラートが舞い上がる。悲しい、寂しい、悔しい、そんなマイナス地点をとっくに通りこした反作用の笑顔。ぼくはいろんな彼女を集めたい。でもあんな彼女は見たくない。薄いガラスごと握りしめてへし折ってしまいたい。

ぼくならきみを一番に考えるのに。

ぼくならきみを――。

そんな仮定は意味がなくて、ぼくは暗い階段に隠れたまま出て行けない。どれだけ願っても、ぼくなんかじゃ彼女の願いを叶えてあげられない。そんなことはわかってる。小学生のころから彼女は大きな病院のお嬢さまの誉《ほま》れ高い美少女で、ぼくは冴えないぽっちゃりくんで、接点なんかないのだ。

本当ならそばにも近寄れない彼女と、今、数メートルの距離で夜を過ごしているなんて、それこそが奇跡で、でもその奇跡はちっとも美しくない。あと十日あまりで小惑星が降ってきて、人類は滅ぶらしい。それもきっと、おそらく、かなり悲惨な感じで。

そんなこと言って、どっかからスーパーヒーローが現れてなんとかしてくれるんじゃないか、なんて思えるのはメンタルが安定している日。いやあ無理無理、やっぱ死ぬよねと晴れた空を見上げられるのもやっぱり安定してる日で、本当に駄目な日はなんにも考えられない、全部どうでもよくなって、指一本動かすのも億劫になる。肉体の死の前に精神の死でぼくたちはやられそうになっている。

空気を震わせる溜息が聞こえた。薄暗い座敷で藤森さんは膝《ひざ》に顔を伏せている。肩があんまり細くて、その肩に垂れる長い髪が頼りなくて、ぼくは身の程知らずにも立ち上がってしまった。

気配に顔を上げた彼女が、どうしたの？　とぼくに問う。喉が渇いたんだと答え、同じ質問を返すと、眠れなくてと彼女は濡れた目元をさりげなく拭った。ぼくはたまらない気持ちになって、なのにそのたまらなさの行き場がなくて、ただの言い訳を実行するため蛇口をひねってコップに水を注いで飲んだ。ああ、このあとはどうしよう。苦し紛れにカウンターにあるおやつ箱から板チョコレートを取り出して、彼女がいる座敷のテーブルにおそるおそる置いた。

——わたしが元気ないとき、なにも言わずにお菓子をくれるね。

彼女が小さく笑い、ぼくは自分の間抜けさに泣きたくなる。世界で一番好きな、二番も三番も四番も独り占めの彼女が傷ついて泣いているというのに、気の利いたことひとつ言えず、子供だましのお菓子をあげることしかできない。それすらお父さんが調達してくれたものだ。

昨夜、お父さんの服には新しい血飛沫《ちしぶき》がついていた。ぼくたちを飢えさせないために、お父さんとお母さんは滅びゆく世界と必死に戦っている。ぼくはといえばそこでも無力で、無力すぎて、卑屈と手をつないで生きてきた十七年間を死ぬほど取り戻したくなる。ぼくには圧倒的にスキルが足りない。これからスキルを積む時間もない。

そろそろ夜明けが近く、青色の光にうっすら見え隠れする彼女の涙のあとに地団駄を踏みたくなる。この焦燥。この絶望。

――なあ、ぼく、ほんとになんにもできない無力な羊のまま斃《たお》れるつもりか？

今日は藤森さんとパンダ公園まで足を延ばした。ほんと言うと並木道がロマンチックな通りなどを歩きたかったけど、藤森さんがパンダがいいと言ったのでしかたない。それにどうせ街はもうゴミと死体だらけで、ロマンチックをするのは難しい。

ぼくは今日、ある決意をしている。今朝、洗面所にあるレトロな体重計に乗ったら、枠から見える針が揺れ、目標体重のところで止まったのだ。体重が八十キロを切ったら、藤森さんに告白しようと少し前から決めていた。もちろん砕け散ることを前提に。

足下がバネになっているパンダの遊具に並んで乗り、藤森さんとゆらゆら揺れる。途中で彼女がスマホを確認した。悲しそうな顔をしたので家族からだろう。ぼくはポケットからいちごみるくキャンディを取り出して彼女にあげた。一粒。でもまだ彼女の顔は晴れない。もう一粒。青空を見上げる彼女の目に涙の膜が張っていく。もうポケットの中は空で、ぼくはなんにもあげられなくて、彼女の涙は今にも零《こぼ》れ落ちそうになっていて――。

「ぼくは、藤森さんが、好きです」

一瞬の沈黙。彼女は無反応。

「うん、わたしも」

あ、うん、だよね。こんなこと言われても困るよね。ほんとにごめんなさい。ごめんなさ――。

……え？　今、うん、わたしも、って言った？　空耳？

「彼氏とか、まだそこまでじゃないけど」

と彼女が続ける。ということは、その手前まで行ってるという解釈でいいのか？　ぼくは成績が悪くて、現国も苦手で行間とか読めないのだけれど本当に？　本当の本当に？

ああ、ああ、ああ！　ああ‼

パンダの遊具を大きく、激しく揺らす。あれだけ願って焦がれた搾取《さくしゅ》の柵の向こう側へと大ジャンプ。飛び越えた先の世界がぶわっと広がり、空気の匂いが変わり、青々とした大草原をどこまでも駆けていく。彼女が紡ぐたった一言で、ぼくは果てまで走れる。だささくて弱い羊だけど、ぼくはぼくの蹄《ひづめ》で力強く駆け、生まれて初めての歓喜に吠えた。


『たとえ明日、世界が滅びるとしても、わたしは今日りんごの樹を植える』


昔、そんなことを誰かが言ったんだって。意味わかんないな、とそのときぼくは笑った。無駄じゃんって。でも、今ならわかる。明日世界が終わるとしても、ぼくは今この瞬間のきみを守りたい。嘘じゃない。だって、ほら、今日が正真正銘、人類最後の日だから。

午後三時、爆発音が響き、巨大な光が生まれた。

ステージの上ではＬｏｃｏが歌っている。命そのものを燃焼させているようなすごい声だ。アイドルに毛が生えたようなもんでしょ？　と思っていたぼくは正直びびっている。ここにいるぼくら全員の命を担いで、弾けて、光って、謳《うた》う地球最後の歌姫。がんばれ、Ｌｏｃｏ、がんばれ。

でも、それすらかき消すような不気味な轟音《ごうおん》が遠くで響いている。

少しずつ、確実に近づいて、舞い上がる粉塵で遠くの空が暗く閉ざされていく。

ああ、もう本当に終幕なんだな。

どれだけ手を叩いても、アンコールはないんだな。

手をつないで、リズムに乗ってジャンプするぼくたちの後ろでは、お父さんとお母さんが座ってビールを飲んでいる。ふたりも手をつないでいる。細められた目はぼくたちを映している。ふたりに見守られて、ぼくと藤森さんは視線を交わす。無理やり、力任せに笑い合う。

もうすぐお別れだね。

でも、ぼくは、ずっとずっときみが大好きだよ。

だから、さようならの代わりに約束をしよう。

終わりの一秒を超えた次の最初の一秒後に、どこでもいいから同じ星に生まれよう。動物でも草でも気体でも鉱物でもいい。そうしてまたぼくたち出会えたら、やったねってピースサインを繰り出そう。ぼくはけっして立ち止まらないよ。もこもこのウールの羊のまま、どこまでも駆けていくよ。弱いまま、まっしぐらに、きみとはじめる次の未来へと疾走するんだ。

そろそろ終わりが姿を現した。こりゃすげえってお父さんが笑って、絶景かとお母さんも笑った。すごい勢いで世界が呑み込まれていく。

ああ、藤森さん、慌てないで。大丈夫。しっかりしがみついて。ぼくはこの手を離さないから。絶対にきみを独りにはしないから。

さあ、いよいよ最期の一秒だ。

せーので目をつぶって、ぼくら、新しい世界へ飛び込もう。

初出　「ダ・ヴィンチ」二〇二一年五月号

カバーオブジェ作品　内林武史『星の街』
装幀・本文デザイン　bookwall

各媒体に掲載された記事は
再収録にあたって加筆・修正をしております。

凪良ゆう Nagira Yuu

京都市在住。2007年に白泉社よりデビュー。以降、各社でボーイズラブ作品を精力的に刊行する。20年、一般文芸における初単行本『流浪の月』で本屋大賞を受賞。21年『滅びの前のシャングリラ』で2年連続本屋大賞ノミネート、「キノベス！2021」1位を受賞。23年『汝、星のごとく』で二度目の本屋大賞をはじめ、数多くの賞を受賞する。ほかの著書に〈美しい彼〉シリーズ、『神さまのビオトープ』『わたしの美しい庭』『星を編む』などがある。

ニューワールド
凪《なぎ》良《ら》ゆうの世《せ》界《かい》

2024年 2 月25日　初版発行
2024年 3 月15日　再版発行

著　者　凪《なぎ》良《ら》ゆう

発行者　安部順一

発行所　中央公論新社
〒100-8152 東京都千代田区大手町1-7-1
電話　販売　03-5299-1730　編集　03-5299-1740
URL　https://chuko.co.jp

DTP　ハンズ・ミケ

印　刷　大日本印刷

製　本　小泉製本

Published by CHUOKORON-SHINSHA, INC.
Printed in Japan　ISBN978-4-12-005745-8 C0095

凪良ゆうの本

滅びの前のシャングリラ

「一ヶ月後、小惑星が衝突し、地球は滅びる」。
学校でいじめを受ける友樹、人を殺したヤクザの信士、
恋人から逃げ出した静香。そして——
荒廃していく世界の中で、
人生をうまく生きられなかった人びとは、
最期の時までをどう過ごすのか。
滅びゆく運命の中で、幸せについて問う傑作。

〈巻末対談〉新井素子×凪良ゆう

中公文庫